Katharina Faber

Mit einem Messer zähle ich die Zeit

Über Liebende

bilgerverlag

Inhalt

Kannibalin des Gefühls 7

1. Les Plats du jour (Tageställer) 7
2. Einer zieht den nächsten mit sich fort 8
3. Sie schläft am hellichten Tag 9

Von der losgelösten Gier und ihrer Beute 11

So werden wir vergehen 19

Alfons, komm nieder! 24

Im Wortschutt, im Geröll der Sätze 29

Gestern, als du gingst 32

Führt meine Mutter den Sommer noch im Mund 37

Der Blick aus dem Fenster hat weder Anfang noch Ende 42

Du willst nicht, dass die Wunde heilt 52

Atlantikrevue 72

Frau Doktor Mabuse singt Ihnen jetzt *As time goes by* 85

Le petit déjeuner africain 112

1. Der Prinz von Soaba 112
2. Das Poem vom Zweitakter und von der Kleinwelt der Idioten 119
3. Der Kampf gegen die parasitäre Klasse weitet sich aus 128
4. Der Prinz von Soaba muss gehen 135

Vielleicht, weil du ein Träumer bist 144

Ich gehe spazieren über Arme und Beine 155

Wo wirst du sein ohne mich? 160

Ich stelle mir den Körper vor als Strom 165
Alle Zeichen der Ermattung 176
Er verspricht ihr einen Flug 178
Auf dem Küchentisch mit all der Ware drauf 183
Zetermordio am Gefühl 186
Vom falschen Herzgebrauch 190
Mit einem Messer zähle ich die Zeit 204
Auf den Schultern meines Engels komm 210
Elegie heisst auf deutsch: Verschmiert vor dem Spiegel
(Übersetzung und Kommentar) 215
Es ist schon möglich, ohne dich zu leben 220
Ein erfundenes Gedicht aus dem Mund der
Marina Zwetajewa 223

Kannibalin des Gefühls

1. Les Plats du jour (Tageställer)

Erst dein Haar in den *Cassolettes* meiner Hände und dann deine Haut, gut gebraten in der langen Erwartung – erst das eine Auge und dann das andere, und deine Ohren *à la nage*, sehr salzig auf einem Beet von Algen, und deine wuchtige Stirn in ihrem Anflug von Angst – erst deine Haut und dann deine Knochen, erst der Kopf und dann der Hals (völlig veraltet, diese Kunst der Verzehrung – als *Blanquette de beau*!) – erst dein Haar und dann deine Haut und dann die Säfte als *Fond* – erst die Lippen und dann die Zunge und das Blut daraus und dann das Herz in seinem Bett aus Lügen (wo ist bei dir der Sitz des Herzens? Diese wunderschöne kleine Pumpe, die ich saugen höre? Die mich morgen anrufen wird? Fragen, wie es mir geht? Muss sie finden und filetieren!) – erst der Geruch und dann das Gefühl, erst der ganze Bauch und dann die feuchten Schwüre und dein Haar und deine Haut – alles in der *Mise en place* und wartet auf das Feuer meiner blinden Betörung: So will ich, dass du schreist in meinen Armen und vergehst – erst du und dann ich als *Beurre manié*, als *Liaison* mit meinem Innersten, und zuletzt die schönsten Fetzen deiner abgebrochenen Sätze in einem *Millefeuille* des schwindelnden Herzens, so sollst du vergehen und ewig dauern im Verzehr, ein Mahl, ein einziges Mahl, ein grosses Glück –

2. Einer zieht den nächsten mit sich fort

Wie kann man, so fragst du mich, mit wasweissich zwischen den Lippen, in den Säften verschwimmend nach den Buchstaben hangeln, die von der Decke baumeln – die Hingabe ist schon wieder verstört, im gleichen Licht wie vor einer Woche, da lagen wir noch verschont, und jetzt wie von langer (fremder) Hand vorbereitet: beim gleichen gut geübten Brechen deiner Augen auch schon das Ende deiner Augen, so schade, es ist nur wieder das alte Lied, nämlich die Leier von Liebe und Leid: Weil du treulos bist / weil ich treulos bin – bricht uns wahrscheinlich das Herz, der eine steigt am anderen hinauf und beide müssen fallen, ich höre neue Namen und wie du sie sagst, wie du sie dir auf der Zunge zergehen lässt, um uns die ungehobenen Schätze einer sorglosen Mahlzeit, wir dachten uns ja ewig. Hier sollte dein Name stehen, aber hinter diesen Mauern kann ich nicht mehr wohnen.

3. Sie schläft am hellichten Tag

Irgendwann fiel ich dann doch in einen tiefen Schlaf und träumte. Du hast mich mit deiner Zunge geweckt und mit deinen Zähnen. Daran muss ich jetzt immerfort denken, wenn ich an einem Ufer stehe und in die Wellen schaue, oder mit dem Fernseh rede, ich schlafe nicht und ich träume nicht. Also warte ich und gebe es nicht zu. Warte, bis du wiederkommst, fahre dir dann mit einem Blick übers Haar, dass es sich sträubt, und sehe hinter dir, weit weg noch und über Jahre verteilt, all die schönen Fremden, die uns noch folgen werden. *Du, Bella, ich komm heute zu dir,* sagt der Fernseh, gleich schlafe ich wieder, bis das Wunder mich weckt, dann packen wir das Zerwürfnis wieder aus, und es geht weiter mit uns und all den andern.

Von der losgelösten Gier und ihrer Beute

TAG/INNEN

Sie sitzt mit angezogenen Beinen neben ihm und raucht und schaut ihm zu, wie er schläft.

Sie werden von dir vielleicht sagen, wenn du endlich gestorben bist, oder von mir, wenn ich endlich gestorben bin –

Aus der Nacht ist sie gekommen – oder er – und in die Nacht ist sie gegangen – oder er – und es ist gut – es ist gut, dass es zu Ende ist – werden sie dann sagen –

Er wacht auf unter ihrem Blick, hebt die rechte Hand und legt sie an ihren Hals, sie rutscht fahrig in ihren Nacken und dann die Wirbel entlang nach unten, es tut ihm leid, dass er so müde ist, er fragt nach der Zeit, und sie lacht und sagt:

– Ich müsste längst im Büro sein – du auch! Irgendwann kommt der Tag, an dem wir uns nicht mehr lieben, allerspätestens, wenn einer von uns stirbt –

Er möchte doch lieber wissen, wie spät es ist, und tastet nach seinem Handy, hält es sich dicht vors Gesicht, dreht es, hebt es ein wenig und seufzt –

Sie kommt nicht weg von der Idee, dass es ein Ende haben muss mit ihnen, sie sucht den Nagellack auf dem Tischchen und biegt sich nach hinten und schlägt mit dem Fuss an seinen Arm, das Handy fällt ihm aufs Kinn, er klagt, wie ungeschickt sie sei, und lacht –

Diese Blamage, die wir waren, diese aufs Kinn schlagende, über eine Teppichfalte hinstolpernde Blamage macht sich dann auf und sucht nach Beute –

TAG/NACHT/DEREINST

Dann gehen die Fenster auf, dann gehen die Türen auf, dann hebt das Dach sich schwerelos, und ich erscheine, ich: der Rest von uns beiden, der Rest eines Paars und anderer Paare, vieler flüchtiger Paare, der Rest eines einzelnen oder vieler, egal wie man das nennt, die reine Gier:

die Gier, die niemandem gehört, die freigelassen von einem Kopf zum andern springt, wie von Zimmer zu Zimmer, die sich in schon kaputte Herzen krallt als schneller Puls kurz vor dem ersten Kuss, manchmal ein Zungenschlag, der Mäuler öffnet –

Das Bett knarrt laut, sie sitzt auf ihm und sie schauen einander vergnügt in die Augen, er spielt mit ihren schielenden Brüsten und bläst die Asche weg, die sie mit einer einholenden Bewegung des Arms über ihn geschüttet hat, über sein Brusthaar mit den ersten weissen, sehr gewundenen Exemplaren, er richtet sich auf, und sie schaukeln selig wie zwei Affen und seufzen und schnappen nach Luft, er greift nach ihrem Fuss und will die langen Schnüre der Jalousien von ihren Zehen streifen, sie reisst seine Hand weg und dreht sich und stützt sich auf die Arme und biegt sich ihm mit dem Po entgegen, und bald schaukeln sie weiter wie zwei Hunde, erst bellt sie und lacht, dann gräbt sie wimmernd den Kopf in die Kissen und reisst mit einem scharfen Geräusch die Lamellen der Jalousien auseinander, wieder und wieder, die Schnüre gehen ihr bis zum Knie, aus seinem Telefon ruft eine fremde hohe Stimme erst *Hallo* und dann *Was soll das*, sie hebt den Kopf aus den Kissen und fegt das Handy auf den Boden, er legt ihr seine Hand sanft auf den offenen Mund, und sie beisst vor Freude ein kleines Stück aus seinem Mittelfinger, im Nebenzimmer wird die Sportschau immer lauter, der Mensch muss wahnsinnig geworden sein, das Bett donnert an die Wand, sie lacht und hustet ihn aus sich heraus, und ihre Körper lösen sich mit einem schmatzenden Geräusch, er vergräbt sein Gesicht in ihrem Geschlecht, sie zittern ein bisschen, die Sportschau tobt entfesselt, sie küsst verwirrt den eigenen Arm, den sie mit einem Teil von ihm verwechselt – dann schaukeln sie wieder …

Dann gehen die Fenster auf, dann gehen die Türen auf, dann hebt das Dach sich schwerelos, und ich erscheine, ich: der Rest von uns beiden, der Rest eines Paars und anderer Paare, vieler flüchtiger Paare, der Rest eines einzelnen oder vieler, egal wie man das nennt, die reine Gier:

jede Gier, auch die Gier der Autos und ihrer Bewohner, die Gier, die schnell als Wallung aufheult und dann nach vorne fällt und versiegt, oder die Gier in den alten Palazzi, die mit dem Blick auf die Kassettendecke Mieten rechnet, die Gier vor einer Pizza, die ein anderer isst in einem Film, die Gier vor den Hotelportalen, sich selbst als Glas im Glas zu spiegeln und Teil dieser Pracht zu werden, die Gier, unterzukommen, anzukommen, irgendwo den Kopf hinzulegen, die Gier, auch so zu wohnen wie die Reichen hinter ihren verschlossenen Eisentoren mit den blinkenden Lichtern und der kiesgedeckten Einfahrt –

TAG/ABEND/NACHT: DRAUSSEN ODER DRINNEN/ZU JEDER JAHRESZEIT

Was von uns bleibt, von unserem Drängen und Jagen und Toben – saust irgendwann durch alle Welt, weil es zu stark war, um mit uns zu sterben, weil es weiter stolpern will über Teppichfalten, Randsteine, Rolltreppen – und weil es sich noch im freien Fall an feine Kännchen klammert, an Gläser, und den Wein und den Saft und den Kaffee meterweit von sich schleudert …

Er macht sein Abschiedsgesicht, er fragt, mit wem sie rede, wenn sie die Lippen lautlos bewegt, sie antwortet nicht, sie findet wohl wieder kein Ende, die Jalousien sind gerissen, ein Teil hängt schräg mit klaffenden Lamellen über der Heizung, die Wand ist voller roter Spritzer vom Nagellack, das Bett ist vulkanisch grau geworden unter ihrem Ascheregen –

Ich leuchte gläsern auf in irgendwelchen zeitgemässen Räumen, tags oder nachts, und sie lassen dann die Gläser sinken, sofort lesen sie mich in den Augen eines andern, der mit ihnen spricht, sie lesen die Gier darin, die Gier, eine starke Brandung zu sein im Leben eines andern, und sie starren auf ihr Gegenüber, das vielleicht nur gefragt hat, ob es im Frühling wohl schon warm genug sei zum Schwimmen, in Kreta – ich leuchte auf, und sie antworten nicht, aber sie singen plötzlich: WAS IST DAS – WAS SOLL DAS BEDEUTEN, DASS ICH SO GIERIG BIN –

So wird es sein, wenn etwas von uns bleibt, wir werden stören, als Rest eines Paars und vieler anderer Paare, reisender Geist der Unvernunft, ein Irrlichtern von Aberwitz, und in den falschen Momenten, mitten in einer harmlosen Plauderei, tosender Lärm von abgelegten Träumen –

Was von uns bleiben wird, ist nämlich nur der Wunsch, einander anzufassen, wo es am schönsten und wo es am schlimmsten ist, und einander anzuschauen und die Blödigkeit weiterzutreiben, den schlechten Geschmack, und die besten Filme vorzeitig zu verlassen und dann im Hotel als voreilig küssendes Paar steifbeinig aus dem Lift zu kippen, wenn die Türen sich öffnen, und in den besten Restaurants nur schnell ein Süppchen zu essen und einander zwischen den Löffeln die Zigarette anzuzünden und dann im nobelsten Club in einer andern Stadt zuhinterst zwischen Toilette und Notausgang feierlich zu Boden zu gehen und zu heiraten, Hochzeit zu halten, bis der Wächter dich am Kragen aus mir zerrt –

Was von uns bleiben wird, das sind die Stunden, in denen wir uns ausmalten, was geschehen soll, wenn wir uns nicht mehr sehen und nicht mehr lieben können, und nicht mehr wissen, was an uns beiden schöner ist als an den andern –

TAG/NACHTS/DEREINST/EGAL
DRAUSSEN/DRINNEN/SPÄTER

Ich halte alle Häuser dieser Stadt besetzt mit meinen langen Einkaufslisten (neues Hirn kaufen, neues Herz, Muskeln kaufen, Opium, Brot, Katzenfutter, Nutella, Bambussprossen, Schatten einer Linde) –

und du treibst durch die Strassen und öffnest Gürtel, Schnallen, Knöpfe, Reissverschlüsse, mit einem schrecklichen Geräusch den letzten Klettverschluss an einem Schuh …

SO GEHEN WIR FROH DURCHS LAND, ALS GIER UND IHRE BEUTE, UND ALLE WASSER SPIEGELN UNS – ALS KRANKHEIT, ALS BLAMAGE, ALS REINES GLÜCK –

Zum Beispiel jene Frau, die dort um die Ecke geht, sagt zu ihrem Mann, der ihr die Jacke sanft um die Schultern legt, *warum ist es so kalt in deiner Jacke*?, und starrt ihn funkelnd an, nestelt an seinen Kleidern, greift ihm feierlich zwischen die Beine –

und alle Dulder mit ihren Diäten, und alle, die warten und vergeblich hoffen, und alle, die in der Schlange an der Kasse schnell zusammenrechnen und prüfen, ob es reicht, und alle, die still träumen und nicht erkannt werden, von niemandem erkannt, niemals –

alle drehen in einem einzigen Moment ihr Gesicht zur Wand und johlen, johlen dann mit unsern Stimmen über unsere leeren Gräber weg, über diese Blamage, die wir waren:

DAS IST DIE LOSGELÖSTE GIER, UND WIR SIND IHRE BEUTE, SIE HAT AUS UNS GETRUNKEN UND WIR TRINKEN EUCH JETZT –

So werden wir vergehen

Sie wissen schon seit Jahren nichts mehr voneinander, sie leben ihr kleines Leben in viel zu grossen Städten, sie sind fleissig geworden und dabei vielleicht etwas armselig.

Da hört sie eines kalten Morgens seine Stimme dicht an ihrem Ohr. Die Stimme von damals, die Stimme eines Jungen, sie krümmt sich vor Kälte und hört neben sich eine fröhliche Alte zu ihrem wuchtigen Begleiter lispeln und sagen, hinter dem Reif und dem Eis und dem Nebel liege der neue Sommer schon bereit, mit all seinen unerwarteten Gerüchen und Früchten und den Tagen am blitzenden Wasser, dazu hört sie ihn reden, mit seiner alten Stimme, leise und verschämt und überdeutlich, er sagt in ihr Ohr:

– *Wie soll ich es dir erklären, vielleicht kennst du es ja selber ganz genau, vielleicht auch nicht, es ist ein Warten, eine Übung, nämlich keine Verheissung zu sehen, das ist alles, kein Warten wie früher, kein Herzklopfen mehr, ein Tag reiht sich an den nächsten, und ich weiss, dass das nicht richtig ist, ich versuche manchmal, mich zu erinnern, wie das war, als ich noch lebte, als ich noch keine Ziele hatte, ganze Tage ohne ein Ziel, aber hell, ich krieche dann in mich hinein und suche* –

und gleich unterbricht sie ihn und redet ihm drein, wie früher, sie spricht zum Fahrplan, der vor ihren Augen verschwimmt, sie sagt ganz laut:

– *Ja natürlich, du hast mir viel bedeutet damals, aber du hast mich plötzlich weggeschoben, wie man einen Stuhl wegschiebt, einen Tisch, ich weiss nicht –*

Die Alte neben ihr nickt und sucht etwas in ihrer Tasche.

– *Sag mir, wie du jetzt lebst, sag mir, mit wem du bist, ich stehe nämlich im kalten Nordwind auf jener Brücke, unter der wir damals unsere kleinen Nachtfeuer machten …*

Sie schaut schnell zu der Alten, die tief in ihre Tasche greift und wieder nickt und plötzlich triumphierend ihre falschen Zähne hin und her schwenkt.

Dann ist es wieder still, nur der Wind pfeift, und der Bus kommt nicht, die Alte öffnet den Mund und stupst ihren stummen Begleiter und ruft:

– *Ich hab's, ich hab's, ich wusste, dass ich es habe!* und drückt sich mit einem schnellen Griff ihr Gebiss in den Mund, *warum sagst du nichts, ist doch prima. Bald kommt der Sommer.*

– *Ich weiss nicht, warum wir uns nicht mehr sehen*, hört sie jetzt wieder die alte Stimme im Ohr, *ich denke, wir könnten es doch wenigstens versuchen. Ein Essen oder so. Wenn ich wieder in Europa bin. Ich müsste meine Frau mitbringen, wir könnten uns in München treffen oder in Zürich –*

Die Alte schüttelt den Kopf und schliesst den Mund, presst die Lippen aufeinander, *ich hör den schon reden, aber ich glaube ihm kein Wort,* sagt sie und lispelt nicht mehr, *die sagen immer solche Sachen von unter der Brücke und so und wie es früher war, endlos, da bleibt eben alles liegen, alle Gefühle, nicht wahr, alle bleiben da liegen und sagen ihre Sätze zu uns rauf, wenn wir warten, ich hör oft gar nicht mehr hin, manchmal machen sie ja auch noch*

Feuer. Schauen Sie doch selbst, da sitzt schon wieder einer, der vor zwanzig Jahren hier gesessen hat oder was –

Unter der Brücke die schmale Silhouette eines Jungen, der ein winziges Feuer entfacht und sich die Hände wärmt, er schaut nicht nach oben, aber sie hört ihn heiser flüstern:

– Willst du nicht antworten? Ich sitze in dieser schrecklichen Lounge vor meinem Cappuccino und rede mit dir, ohne die Lippen zu bewegen, ich bin ja nicht allein, ich habe so lange gewartet auf dich, dass du plötzlich um die Ecke kommst, oder klingelst, oder ich seh dich irgendwo hier herumlaufen, warum höre ich dich nicht mehr, mir ist nicht besonders wohl heute, eher ein bisschen übel, ich schwitze, ich sehe mich wieder unter unserer Brücke sitzen mit meinen vielen Zöpfchen und der Mütze drauf und auf dich warten, und wie sich die Räder immer ineinander verkrallt haben, wenn du deins auf meins geworfen hast, unglaublich, rauchst du noch? – ich habe Angst vor einem Schlaganfall, ich will nicht werden wie mein Vater, ich will nicht sterben, wie er gestorben ist, Frauen sind mir eigentlich egal, ich brauch nur selten eine, willst du überhaupt mit mir reden, wahrscheinlich nicht, vorhin habe ich dich reden gehört, ganz nah an meinem Ohr, jetzt wird es dunkel, ach, jetzt löscht der Ton –

Jetzt wird es dunkel, und jetzt löscht der Ton und der Bus fährt vor, wie eine blaue Wand steht er ganz nah vor ihrem Gesicht.

Sie dreht sich um und sieht den Jungen unter der Brücke, wie er über seinem kleinen Feuer zusammensackt und dann zur Seite fällt, *geh jetzt nicht weg, für einen Moment dieses alte*

Lebensgefühl, ich meine: Warten und sich Freuen, dass jemand auf dich wartet, sagt sie, *und dass wir uns wieder hören können – töne ich auch so jung wie du? Ich denke, wir können uns hören, weil wir durch einen Zufall aneinander denken, ich glaube, das ist ganz normal …*

Ach was, sagt die Alte laut und steigt hinter ihrem grossen Begleiter in den Bus, *die halten zusammen, die Jungen von da unten, das muss man ihnen lassen, die sind immer noch da, und das Wetter ist denen ganz egal, die warten, bis sie wieder auf ihre Sommerweiden können, die warten auch, wenn es schneit, die warten einfach –*

den Rest schluckt der Wind und das Pfeifen und Zischen der hydraulischen Türen.

Sie lässt den Bus passieren und läuft so schnell sie kann zum Ende der Brücke und über einen kleinen Hang dorthin, wo der Junge sass, und jetzt nur noch ein kleines Feuer brennt, der Junge ist weg.

Jetzt löscht das Feuer.

Schwarzer Rauch steigt nach oben.

Bald kommt ein neuer Sommer.

Alfons, komm nieder!

Alfons, komm nieder!

Das ist eine ganz seltsame Geschichte, es ist die immer gleiche Geschichte von uns allen, aber Alfons ist schwanger und wird ein Kind bekommen, er ist ein Verräter, er will noch etwas anderes als nur dich und sich, er hat das gestern nacht sehr laut gesagt.

Alfons wird bald aussehen wie ein riesiges Insekt, mit seiner runden Brille und dem geschwollenen Bauch, aber du liebst ihn, er bleibt dein Liebstes. Auch wenn er sich Abend für Abend die Hose von den spindeldürren Beinchen zieht und dir dann vorwurfsvoll den aufgeblasenen pochenden Bauch entgegenhält, in welchem, wie er sagt, etwas ganz Neues wächst, das er dir schenken will, dir und sich selbst. So redet er und kichert und trällert … und jeden Abend stellt er sich vor den Spiegel und sagt: *Schau, schau, wie die Zeit vergeht* – und du weisst nicht, was du sagen sollst, und willst ihn umarmen, aber er wehrt dich ab, er stösst dich weg, er schützt seinen Bauch vor deinen sanften Händen – dann rufst du mich an und schweigst in den Hörer.

Aber wir haben uns dreingefunden, du lebst jetzt für Alfons und ich für andere, wir waren aber mal für kurze Zeit einander sehr viel näher, und können vor Alfons darüber nicht reden, dann dreht er sich vom Spiegel weg und sagt mir Sätze vor, die ich über dich sagen soll, er ist jetzt schwieriger denn je und will nichts wissen von einer Zeit, in der er nicht war, und ich finde es schäbig, dass er allen erzählt, er sei schwanger und werde was gebären. Und so auftrumpft und nur noch isst und schläft und vor dem Spiegel schaut und wartet, wie er sagt, das ganze Leben jetzt ein Warten auf diesen schwersten aller Momente –

Wenn ich klingle und du die Türe öffnest, meistens mit irgendwas in der Hand, einem Löffel, einer Biskuitdose, einem Schlauchende, einer Bürste, einem Hammer – dann sage ich dir schon im Korridor blitzschnell alles von früher ins Ohr, du konntest die Inbrunst damals so gut, also gingen wir mit dieser Inbrunst an einen kleinen Nebenarm der Töss und du hattest dir eine Heftigkeit zugelegt zwischen den kleinen Wellen, wolltest ganz schnell und kurz und übermässig oft küssen und schlucktest dabei Wasser, wolltest es nicht zeigen, bis plötzlich alles Wasser aus deiner Gurgel im Schwall zur Seite spritzte, und ich nicht lachen durfte, wir haben uns zusammengefaltet und zurechtgebogen, um ins warme seichte Wasser zu tauchen, und dann kam meistens schon Alfons und rumorte im Kies und wollte jemanden zum Feuermachen. So hat es angefangen, dass wir uns stören liessen von Alfons und seinen Wünschen, und er führt jetzt das Wort, er sagt, was es über uns zu sagen gibt.

Er wird am Ende unsere schönsten Tage einfach leugnen, abstreiten, nichts mehr übriglassen von uns.

Alfons ist sehr empfindlich geworden, manchmal siehst du schon beim ersten Kaffee am Morgen seine Unterlippe zittern, bis er sich mühsam wieder fasst, du hörst ihn auch oft weinen, irgendwann am Abend.

Er weint, weil er weiss.

Er sagt, er sehe es, er träume es, er sagt es, wenn ich dich umarme, aus dem Wohnzimmer, dann dröhnt seine Stimme und überschlägt sich ins Falsett, er hört nicht auf zu reden, er sagt:

– *Es wird Nacht sein, ich werde im Wohnzimmer auf dem Sofa sitzen und mich fürchten und spüren und im Licht des TVs sehen, wie sich mein Bauch ganz langsam zum Brustbein hin öffnet und sich entlädt, entleert, der Bauch wird sich aufschlagen wie ein Buch, er wird sich öffnen, sanft in zwei Hälften teilen, wie die Lippen eines Mundes oder ein geplatzter Sack, durch den das Korn drückt, und daraus wirst du dann erscheinen, du, vor dem ich mich fürchte – was soll das sein, ein anderes, kleineres Insekt vielleicht, eins wie ich, dem es graust vor dem Alleinsein, immer schon, seit je, und wegen dieser blöden Sache reden alle über mich und sagen die gemeinsten Dinge. Ich bleibe jetzt oft zu Hause und schaue fern, wenn die andern tanzen gehen und sich betrinken, ich achte auf alles, weil ich jetzt wachsam bin, und ich habe es schon seit langem gesehen: Die Riemen des Parketts weichen schon deutlich auseinander, dann kommen wohl bald die lieben Waldameisen und dann wird mir büschelweise Gras ins Zimmer wachsen, und dieses Gras hebt dann allmählich den Tisch, an dem ich schon seit langem sitze, etwas ganz Schwaches ist ganz stark geworden, weil ich etwas habe wachsen lassen, was nie hätte wachsen dürfen, weil ich es so kommen sah und so habe kommen lassen, weil ich mich nicht gekümmert oder jedenfalls nicht genug gekümmert habe, empfängt mich jetzt ein sehr deutlicher alter Geruch: zu viel Körper! Das wird sich jetzt aber nicht mehr richten lassen, weil es längst zu gross geworden ist! Was ist aus meiner Geistesgegenwart geworden, ich war ein Geistesriese, ich habe soviel Geld verdient damit, ich war früher nie allein, ich habe nie aufgehört zu träumen, ich wäre immer gerne einmal ein Tier gewesen, ich dachte an ein grossflächiges Insekt für die Nacht, an einen riesigen Falter, leuchtend und voller Farben … Gestern kamen sie alle noch ganz spät hierher und tranken Baileys und rauchten und beschimpften mich, stritten alles ab, mein ganzes Leben – einer sagte: In deinem Kopf schlingern fremde Gedanken, wie unappetitlich, wie beschämend, von dir wollen wir nun gar nichts mehr – und sag nicht wieder, du seist schwanger!*

Die haben keine Ahnung, wie das ist für einen Mann: fremde Haut in mir, fremdes Haar, Zähne in einem Kiefer, Lungen, Gedärm – ich warte, ich versuche möglichst wenig zu atmen, um nichts zu nähren, mein Warten ist eine Abhaltung des Atems, ich halte meinen Atem nieder, so wie natürlich auch den Tisch, ich halte alles nieder, schluchzt Alfons, *aber wenn jetzt jemand ins Zimmer kommt, merkt er es: Ich kann das Wasser nicht mehr halten, ich kann die Tränen nicht mehr halten, ich entleere mich quer durch das Zimmer –*

während du einem andern Alfons die Hand hältst in den Wehen und ihn ermunterst und rufst: ALFONS, KOMM NIEDER, DASS ICH DICH WIEDER ERKENNEN KANN! WIRF ALLES AB! Das oder ähnliches wirst du sagen, während ich mich haltlos entleere und nach dir rufen will und deinen Namen nicht mehr weiss –

Im Wortschutt, im Geröll der Sätze

Was uns so unerbittlich trennt und uns den Atem raubt ist die gewaltige Drohung der Sätze, die wir jetzt aufsagen, denn immerzu müssen wir reden und uns aussprechen voreinander und uns nach vorne beugen und dann gegenseitig die Wortreste von den trockenen Lippen lesen als letzten Liebesdienst, unsere Hände wollten sich längst ineinanderlegen, wir wollten uns längst ineinanderlegen, aber immer wieder brachen wir in Worte aus, wie Fäden von deinem Mund zu meinem, und wir gelähmt in diesem viel zu trockenen Bett, uralte Steine im uralten Fluss –

Wir jetzt zwei graue Echsen mit lidlosen Blicken, unsere Augen sehr rot vom fastnichtmehr Weinen und aufeinander gerichtet wie Speere, Frage wie Antwort zur Vernichtung, unser Zugrundegehen eine Verwesung zum Schein! Wir müssen ja am Leben bleiben, um uns ins Wort zu fallen! Jetzt habe beispielsweise ich schon wieder einen Satz der Decouvrierung abgesondert, das ganze Zimmer wie im Dunst, du hältst dir jetzt deine Hände selber, du streichelst dir selber dein Haar und du starrst auf meinen Mund, darin die feindlichen Zunge, die ihr Wortgeschiebe vor sich herstösst, um recht zu haben, um unser Lager die Hülsen der jüngsten Kränkungen, wir als Reste eigentlich sehr nahe beieinander und brachial, wie aufgebahrt, bald nichts anderes mehr von uns als dieses stete Tropfen der Sätze im

Schlamm, im Ende, das ganze Gerede ein fader Aufguss einstiger Versprechen –

Bald hält auch das nicht mehr, dass wir uns noch an uns erinnern –

Nur unsere verschwimmenden Bilder bleiben zitternd unter den Wellen, wenn wir auseinandertreiben im Strom der Worte –

Wie unerbittlich ein dahergelaufenes Mitleid uns jetzt mit Kränzen belegt und weissen Lilien, und konnten nicht einmal Abschied nehmen voneinander –

Gestern, als du gingst

Gestern, als du gingst

Gestern, als du gingst, entdeckte ich schon wieder eine Neuigkeit an mir: Mein Schädel bricht durch die Stirnhaut und wächst mir seitlich in zwei Höckern wohl bald zum Geweih – so gross wie beim Hirsch –, nur weil du heimgegangen bist zu deiner neuen Frau, die dich seit Stunden am Flugplatz erwartet und langsam ungeduldig wird.

Wir konnten die Trennung kaum erwarten, schon ganz früh stiessen wir im Bad so heftig zusammen, dass es dir den Atem verschlug und ich mich viel schneller in die Dusche bewegte, als ich es eigentlich wollte, wir hatten es noch gar nie so eilig gehabt, am Morgen in die Kleider zu kommen und einen Kaffee zu trinken, und wollten nicht wieder Zeit verplempern, wie wir sie verplempert hatten über Tage und Nächte, sehr schön verplempert, und du sagtest nicht viel, als ich in meiner morgendlichen Blindheit in dich hineinlief, in die weichste Partie deiner Vorderseite sowie Flanke, du sagtest nur etwas wie *Hoppla* oder *Aua*, und ich fasste mir an den Kopf und merkte in diesem Moment, wie der sich sehr erneuert – und eine deiner Rippen knarrt jetzt bei jedem Atemzug wie ein krankes Knie. Wie immer tranken wir den Kaffee in der Küche stehend, jeder in seine Ecke gelehnt und die Beine in allerzartester Berührung, in allerletzter Berührung, und ich wollte etwas sagen, über alles, was fällt und fallen soll und es dann doch nicht tut – über die Schule des

Lebens, über die Lektionen, die es uns erteilt und die wir gar nicht haben wollen, und in dem Moment hast du mich gefragt, ob es stimme, dass man im Metropol für zwanzig Franken pro Person essen könne, soviel man wolle, aber die holten das dann ja mit den Getränken wieder rein –

Ich wollte nicht übers Essen mit dir reden, ich sagte, wir seien zu alt fürs Metropol, und du hast genickt und genüsslich den Kaffee geschlürft, und ich wollte mich inständig vorbereiten auf mein Leben als Raubtier mit Geweih, und da und dort hält mir dann jemand einen Bissen hin, und bis ich merke, dass der selber dieser Bissen ist, ist es zu spät, und ich bin schon auf das Angebot hereingefallen, und darauf wollte ich mich vorbereiten, innerlich vorbereiten, wie die Deutschen sagen – *du bist ein Deutscher,* sagte ich ganz aufgewühlt, *und mein Geweih könnte wachsen, es könnte so schrecklich wachsen, dass ich nur noch gebückt durch die Türen gehen kann, merkst du, dass das eine Zerreissung ist für mich als Raubtier – ein Geweih? Siehst du nicht, dass das unmöglich ist für mich und meine ganze Natur?,* und du hast mich unendlich sanft geküsst, so wie ich es gar nicht mag, und gesagt, ich sei halt noch sehr müde, und wir suchten beide deinen Mantel, damit du endlich gehen konntest, und als wir ihn dann in der Küche ganz hinten beim Fenster am Boden fanden, waren wir schon wieder zufrieden und fielen uns erleichtert in die Arme, *du solltest vielleicht nicht immer soviel paffen,* hast du in mein Ohr geflüstert und schön forschend in meine Augen geschaut, dann auf meine Stirn und gleich wieder weg, hinauf zu den ängstlichen Bäumen vor meinem Haus, die, als wir endlich draussen standen, prasselnd ihre kleinen Äste auf uns niederwarfen, weil sie dachten, es käme vielleicht gleich ein Sturm, du hast den Bäumen lässig abgewinkt, meiner Stirn hast du auch abgewinkt, meiner Rosette, meiner Knospe, meiner Geweihknospe, meiner waidwunden Gesamterscheinung, meinem versammelten Liebreiz, meinem Kraut, Tagen und Nächten –

Bin dir ein kleines Stück Weg nachgefahren mit meinem alten Velo, welches du Fahrrad nennst, weil du ein Deutscher bist aus Deutschland und nicht weisst, wie man ein Velo nennt –

Bin dir nachgefahren und habe dich verwünscht, weil du mich entstellst mit deiner neuen Frau, weil ein altes Raubtier mit Geweih unmöglich ist, peinlich, läppisch wie ein gläserner Berg, habe dir noch lange die grössten Gemeinheiten hinterhergerufen und bin immer schneller gefahren, im falschen Gang, und musste bremsen mit der falschen Bremse und kam erst bei der Mulde an der Kreuzung zum stillen Liegen, und mehrere Mitmenschen machten sich über mich her und hatten alle einen Kurs besucht zu meiner Reanimation. *Das ist eine Teufelei,* habe ich zu meinen Rettern gesagt, *dass er mich schon wieder verlässt,* und sie haben alle genickt, die alten Frauen, die mir meine Schuhe nicht mehr geben wollten, und die jungen Männer, die auch mein Velo reanimierten und immer wieder am Lenker würgten und sich das Vorderrad zwischen die Knie klemmten und drehten – alle fanden, ich habe recht mit dem, was ich dir nachgerufen habe, die Worte der Zerreissung, eine Finsternis, eine traurige Wölfin mit Geweihknospen, hingestreckt im gläsernen Stollen, und dazu ein viel zu früher Tod mit vollem Mund, und eine Nachbarin, die zufällig des Wegs kam, wollte wissen, ob ich zweimal gefallen sei, ich hätte zwei bläuliche Höcker am Schläfenrand, hörst du, bläuliche Höcker, vor denen sollst du dich in acht nehmen, wenn wir das nächste Mal zu früh, zu klamm, zu zweit aufstehen, weil du nach Hause musst, zu deiner Frau –

Führt meine Mutter den Sommer noch im Mund

Sie sagt, er spaziere am Himmel und sie sehe ihn dort winzig klein über die enormen Wolkengebirge am Horizont stelzen, den Rücken steif und durchgedrückt, gegen die Gesetze der Schwerkraft, und er habe wohl schon wieder ganz vergessen, dass er woanders erwartet werde auf seinem Gang durch die Wolken, mal hinauf, mal hinunter, dann fällt sie zurück in die Kissen und lacht, die Stimmung eine Frage der Jahreszeiten, sagt sie, wenn ich den Kopf in die Kissen drücke, sehe ich ihn dort so winzig spazieren –

Dann fährt sie hoch und droht ihm mit der Faust und redet zur Wand und sagt, wann zum letzten Mal eigentlich dein Gesicht, gross wie der bleiche Mond, wann eigentlich zum letzten Mal dein Gesicht, den Nachmittag verdunkelnd über meinem?

Im Halbdunkel sitzt sie versunken über einem uralten schwarzen Telefon und legt ihr Ohr an den Apparat und lauscht auf das längst vergangene zischende Geräusch zwischen den einzelnen Worten von damals, sie hebt den Hörer ab und dreht die Scheibe und verlangt nach ihm, möchte verbunden bleiben mit ihm, die *operatrice* würde gerne etwas für sie tun, aber der Herr wohnt ja gar nicht in diesem Hotel, und so reist sie mit ihrem kleinen Gefolge in den Süden und läuft zwischen den Lavendelfeldern umher und kaut Mohnkapseln und spuckt sie wieder aus und isst fast jeden Abend *Bouillabaisse* und wartet in grossen schattigen Zimmern auf seinen Anruf, er könnte doch anrufen, und spaziert spätabends durch den alten Pinienwald, der aus rostrotem Sand wächst und nach der Mortadella riecht, die sie in ihrer Tasche vergessen hat – dann bleibt sie stehen und wird schnell alt dabei, sie fährt mit dem Finger über eine Tafel, die an einen der Bäume geschlagen ist, sie sagt: Hier in diesem Wald von Pinien steht eine Tafel für uns, für ihn und für mich, mit den Daten aller Absichten, einander zu sehen, zum Beispiel Montag, 4. August: Grossangelegter Versuch, uns zu sehen, plötzlicher Rückzug, misslungene Ausfahrt, alles misslungen, abends ist der Staatsanwalt auf einer meiner ausgelutschten Mohnkapseln ausgerutscht und unter Gelächter zu Boden gegangen, und Freitag, 16. August: Du kommst mich besuchen, und es ist alles sehr traurig dort, wo ich jetzt bin, in diesem winzigen Zimmer mit nur einem Bild an der Wand, der Silsersee, ich habe ihn umgedreht, und 16. September: Bin durch brennende Wälder gefahren, bis ich das Azur des Meers sah, und jetzt rufst du nicht an, also lege ich weitere Feuer, ich kommandiere die Brände an allen Ecken und Enden, dicht und rasend schnell an mir vorbei die kleinen weissen Autos der Feuerschutzleute, darin die angesengten Männer mit ihren Helmen und Masken, ich kann gerade noch fliehen und lege mich aufs Telefon, dass es mich weckt, wenn du anrufst, und ein paar Tage später, sagt sie hinauf zu den Wolken, fliegst du in so einer kleinen Propellermaschine über mich hinweg und winkst durch das prasselnde Astwerk zu mir herunter, mit einem verzerrten Lächeln winkst du grosshändig zu mir herab, ich stehe im hüfthohen Gras, in der Macchia, habe alles in Brand gesteckt für dich, du bist mir aber entkommen in die eisblaue Wolkenlandschaft, wo du den Kopf aus der Maschine stecken kannst und fern und selig meinen Namen rufen, ich höre noch deine gepresste Anweisung an den Piloten: *Nicht zu nahe heran, oben bleiben, nicht zu tief, jetzt das Wasser abwerfen* – ich höre auch noch aus irgendeinem Draht zwischen den uralten grauen Pinien deine Stimme und das Prasseln dazwischen, das Knattern und Zischen zwischen jedem Wort, oder Mittwoch, 29. August in einem andern Jahr – sie liest es von der Tafel: Eine Lichtung, und wir in ihrem Zentrum, der Hoteldiener steckt schwungvoll das Trinkgeld in die angesengte Tasche und verbeugt sich tief vor uns: meterhohe Feuerwände, umsichtig hintereinandergesetzt, da sind die Flammen aus uns geschlagen und mit einem dumpfen Knall in die Löschfahrzeuge gefahren. Ich habe jetzt über Jahre einen einzigen grossen Sommer für dich probiert – das heisst, sie hat einen Brand auf den anderen gelegt, aber wenn sie am Morgen verwirrt im beissenden Rauch auf die Knie zu kommen sucht, ist er schon wieder im Parkhaus/Elysium, mit grossen Autos auf breiten Strassen den weissen Häusern entlang, und kommandiert dem Fahrer ihren Namen, Jahr um Jahr, und presst sich jetzt die Stimme ab, dort oben in dem enormen Wolkengebirge, das er abschreiten muss, sie klopft auf die Tafel, sie dreht sich zu den Leuten, die gerne stehenbleiben, sie schreit und kann sich selber nicht mehr hören im Gemurmel der andern: Zum Beispiel Freitag, 31. Oktober, steht da geschrieben, ICH BRENNE, dann legt sie den Kopf für eine Weile an den Stamm und reisst die Tafel ein und legt dann Blatt für Blatt vor sich hin, vor die Feuerschutzleute mit ihren Helmen und Masken –

Der Blick aus dem Fenster hat weder Anfang noch Ende

Der Blick aus dem Fenster hat weder Anfang noch Ende

Es ist frühmorgens, die Stadt schläft noch, es hat geschneit über Nacht und es schneit weiter.

Schneller Halt auf deinen Lippen, bald werde ich weggewischt –

Sie wollte zuschauen, wie er mit dem Fahrrad langsam und ein wenig schwankend durch den Schnee davonfährt …

Ich wollte sehen, wie du in der dunklen Frühe wegfährst, auf deinem pathetischen Fahrrad, wankend durch den Schnee, mit zugekniffenen Augen, wollte sehen, wie du im Fahren den Arm hebst und winkst, zu mir herauf ans Fenster winkst …

Sie hat gehofft, er werde sich noch einmal umdrehen und winken, aber er geht und fährt weg, ohne sich auch nur einmal umzudrehen, und sie erstarrt zum schwarzen Schatten hinter der Scheibe, sie weiss, dass sie vielleicht ein bisschen übertreibt …

Sie starrt ihm nach, bis er um die Ecke biegt, dann geht sie in die Küche und setzt sich an den Tisch, trinkt aus der Tasse die Reste des süssen kalten Kaffees, stellt das Radio an und legt sich noch einmal ins Bett und riecht an den Kissen, zieht sich die Decke über den Kopf und starrt ins vollkommene Dunkel.

– Es ist Montag, es ist halb acht Uhr morgens, es schneit und es ist Zeit für unsern Morgen auf der Strasse –

Das Thema heute lautet: Da hört die Liebe auf – wir reden über Trennungen …

Aber jetzt erst einmal Hank Hyenna und Norma Ice mit ihrem Song: «Henna, I giggled with your girlfriend» –

Ihr wisst schon: «Cause I was high and she was high and you were bye-bye out of town …»

Das Dunkel wird langsam rot, das ist das Blut hinter ihrem Auge und kleine weisse Pantoffeltierchen schwimmen vorüber, sie kommen von aussen, sie kommen von der Seite ins Blickfeld, sie schwimmen auf der Hornhaut –

Sie atmet tief ins Kissen, sie liegt oft so unter der Decke, schon als Kind fand sie das äusserst interessant, die Welt war offenbar am reichsten dort, wo die andern sagten, da sei doch nichts, sie hat schon allerlei Wunderliches gesehen im Dunkel ihrer Höhlen –

Und sie spricht am liebsten mit ihm, wenn er gar nicht da ist, dann kann sie ihm alles viel besser erklären:

Du liegst seit Wochen neben mir wie ein Fremder, ordentlich zum Schlafen eingepackt, du liegst wie eine Mumie und starrst an die Decke, wenn ich dich berühre, zuckst du zusammen, und wenn ich frage, was los ist, drehst du dich weg –

Sie sieht ihn wieder und wieder zu seinem Rad gehen und in einer viel zu grossen Kurve schwankend und unsicher über den Schnee davongleiten, das Lied ist zu Ende, und eine Frau sagt, es sei ein Problem, wenn man einander nicht mehr vertraue, sie könne niemandem mehr vertrauen und sie werde wohl lange einsam bleiben, sie ertrage keine Betrügereien mehr, keine Ausflüchte, all diese Spiele und die Witze darüber, die Angst und die Hoffnung, nichts ertrage sie mehr, sie wolle alleine bleiben.

Also, das Thema der Sendung sei eigentlich das Ende der Liebe, sie solle das Ende ihrer letzten Liebe erzählen, sagt die Reporterin ganz ausser Atem, sie solle nur erzählen, wie es zu Ende ging, und die Frau lacht und sagt, es sei schnell gegangen, ein SMS von ihm am Abend vor ihrem Geburtstag, er müsse leider dringend nach Genf und dort eine Woche bleiben … und sie hätten einander seither nicht mehr gesehen …

Durch eine winzige Lücke schimmert plötzlich Licht in ihre Höhle, aus dem Radio tropft die süsse Musik, wahrscheinlich eine Abschiedsmusik –

Ich denke nichts, ich räume auch nicht mehr auf, ich versinke im Chaos, ich versinke in einem letzten Blick auf dich und deinen kalten Abschied, ich sollte *Discovery* schauen, irgendeine schöne Sendung über Tiere, das heitert mich auf.

Sie zieht an der Decke und schliesst die Lücke und malt mit dem Finger die Silhouette eines Bären ins Dunkel, sie hat einen Film über Grizzlies gesehen, die im Winter plötzlich mit einem Heisshunger erwachen und dann zu den Menschen wollen, zu den Vorräten, und in Jagdhütten einbrechen oder in abgelegene Häuser und dort völlig enthemmt nach Essbarem suchen, und ein Mann erzählte, der Bär habe sich kaum nach ihm umgedreht, habe ihn kaum beachtet, so gierig habe er sich auf irgendwelche Roggenbrotvorräte gestürzt, nur ab und zu habe er ihn mit einem Blick gestreift und ein Schauder sei ihm übers Fell gelaufen, Reste der alten Furcht, während er aber weiterschmatzte und Gläser vom Gestell fegte und Konservendosen hin und her rollte – und ihn habe eine namenlose Angst vor dieser Gier gepackt, er sei rückwärts aus dem Haus gegangen und ins Auto gestiegen und habe dort gewartet, bis der Bär endlich gegangen sei, wieder auf allen vieren und seelenruhig, ein wenig humpelnd, eine blutige Spur hinter sich lassend – der Schreck seines Lebens sei das gewesen, aber wer hier in den Einsamkeiten von Truckney Island ein Landhaus habe, müsse mit den Bären rechnen, mit ihren Überfällen, es habe ihn seine ganze Beherrschung gekostet, das Biest nicht aus dem Auto heraus zu erschiessen – eigentlich seien sie ja scheu, es seien scheue Tiere …

Es kann nicht schön sein, nach so einer Fresserei und so einer Angst alleine in die Höhle zurückzukommen.

Die Reporterin vom Radio fragt eine Frau, ob es schwer sei für sie hier als Fremde, und jetzt auch noch alleine, ohne ihren Mann, und die Frau lacht und sagt, ihre Mutter und ihre jüngste Schwester kämen nächste Woche, und sie freue sich, auch wenn es dann in dem einen Zimmer etwas eng werde.

Ich komme ja auch nicht von hier, sondern aus einer weiten Steppe, aus einer Gefühlssteppe, es hat keinen Sinn, darüber nachzudenken, irgendwie hat es mich hierher verschlagen, in dieses winzige, mit kahlem Gestein bestückte Land – in dieses vom wuchernden Granit bestrafte Land, in ein Land ohne

Meer – ohne Zugang zum Meer, zu einem Volk, das das Meer liebt, weil es keines hat, nur diese riesigen Trümmer, die sich türmen, zu Leuten, die gerne mediterran wären und nichts weniger sind als mediterran und im Sommer Stühle und Tische auf die Strasse stellen und in den Zeitungen schreiben, es sei jetzt überall in der Stadt wieder prima mediterran –

Manchmal frage ich mich, wie wir das überleben, diese Lichtlosigkeit über Wochen, dieses Grau in Grau im Norden – aber es geht ja, es geht immer wieder sehr gut, man freut sich einfach mehr auf den Frühling, auf den Sommer und auf die Stühle und Tische auf der Strasse, die für uns dann so mediterran wie möglich sind, so heiter und unbesorgt wie möglich, und das Mediterrane stirbt naturgemäss im Winter ab – ach, und dann dieser entsetzliche aasige Geruch aus dem Maul der Bären, wenn sie hungrig in unsere Hütten kommen und uns mit ihren Pfoten wegfegen – was denke ich nur für einen Quatsch, das kommt von der schlechten Musik, immer singt eine, die man mit einer andern verwechselt, die es noch gar nicht gibt …

Hier unter dieser Decke sammelt sich all der Abfall aus meinem Gehirn, all der Denkmüll, ich lasse ihn hier unter der Decke liegen und geh dann frisch aus dem Zimmer, aus der Wohnung, laufe durch die Strassen, ich befreie mich, indem ich mich bewege, ich schäle mich aus den Decken, und schon geht es los, ich hebe den Kopf, ich schnuppere in die Luft, ich schreibe eine Bewerbung, ich schicke eine Bewerbung in die weite Welt hinaus, ich nehme Witterung auf und folge dem suppigen Geruch aus dem Maul der Bären, nein, um Himmels willen, mit einem frohen Pfeifen verlasse ich das Haus und stürze mich –

Stille. Sie hört sich atmen, ein leises Pfeifen –

– *Und hier jemand, der es seiner Freundin noch gar nicht gesagt hat, oder wie ist das jetzt genau, nennen wir dich mal Bill, oder möchtest du einen andern Namen,* die Moderatorin ist schon wieder ausser Atem, wahrscheinlich hüpft sie im gelben und grauen Zwielicht des kalten Morgens zwischen den kriechenden Autokolonnen von einer Seite zur andern durch den Schnee – rennt irgendwelchen Leuten hinterher, und keiner will reden, und sie wird immer erschöpfter und wenn sie dann endlich jemanden gefunden hat, der ihr etwas ins Mikrophon sagen will, schnaubt sie vor Erschöpfung dazwischen –

– *Ich weiss nicht – sie weint immer, also ich meine, sie weint wegen jeder Kleinigkeit, das ist schon ein Problem, wenn jemand dauernd heult und wütend ist oder traurig, sie sagt, sie käme von weit her, aber das stimmt gar nicht, sie ist genauso von hier wie ich, hat irgendeine Nonna in Sizilien, wie wir alle, aber ich weiss einfach nicht, was sie von mir will – vor allem morgens, wenn sie so wirr ist vom Schlaf und mich nicht gehen lässt, dabei muss ich doch gehen, einer muss doch irgendwie das Geld heimbringen, und sie sucht ja nicht einmal mehr nach einer Arbeit, sie sitzt den ganzen Tag am Tisch und starrt Löcher in die Luft, es wird langsam echt schwierig –*

– *Sorry, wenn ich da unterbreche: Es geht um das Ende, weisst du, du musst das Ende erzählen, wie habt ihr euch getrennt, wie war das für dich? – Ich meine, unsere Sendung heisst heute: Da hört die Liebe auf –*

– *Welches Ende?*

– *Das Ende, einfach das Ende – wie ihr euch getrennt habt –*

– *Aber wir haben uns gar nicht getrennt.*

– *O.k., das finde ich toll, grossartig, ihr seid zusammengeblieben, gratuliere, das ist ein echtes Happy-End für heute – es ist verdammt kalt hier draussen, und ich gebe zurück ins Studio für ein paar Takte Musik …*

Man muss den fremden Tieren, die in die Höhle ja nur aus Neugier schauen, die nur schnuppern wollen, ob es etwas zu fressen gibt, einfach abwinken, man muss sie ganz ruhig, aber entschieden aus dem Eingang schieben –

So wie die grossen fetten rätselhaften Kühe, die einem wie ein Wall im Weg stehen, wenn man um die Ecke biegt, zwischen den abschüssigen Steinhaufen und einem kleinen Fetzen Wiese –

Es war seine Stimme im Radio, seine vom Fahren atemlose Stimme.

Er hat –

Er hat den Narren gefressen an seinem Rad, er behauptet, er könne auf jeder Unterlage damit fahren, es sauge sich am Boden fest, er hat sie von sich weggeschoben, ist sich mit einer ungeduldigen Bewegung durchs struppige Haar gefahren, als ob –

Sie taucht aus der Decke, sie schiebt den Kopf unter dem Kissen vor, sie steht auf, ihr Atem rasselt leise, sie ist gar nicht von hier, sie ist von ganz woanders, er kann sie nicht verstehen, sie dreht am Radio und sucht einen andern Sender, er wird ja nicht gleich überall erzählen, dass sie ständig heult und wegen allem heult und keine Arbeit hat und keine Arbeit sucht, er wird es ja nicht gleichzeitig auf allen Kanälen erzählen – sie holt ihre verstaubte Reisetasche vom Schrank und fängt langsam und umständlich an zu packen, sie räumt ihre Kleider sorgfältig ein, dann die Bücher und den MP3-Player, den kleinen Computer und die Briefe und Fotografien, auf einer davon scheint er zu winken, er hebt den Arm wie zum Gruss, er steht winzig auf seinem winzigen Fahrrad vor einem grossen Stück Fels, und er grüsst sie ein allerletztes Mal … er winkt ihr mit der Hand –

Sie wäscht das Geschirr ab, sie macht das Bett, sie legt ihm einen Zettel hin, sie ziehe für ein paar Tage zu ihrer Schwester, die brauche ihre Hilfe für den kranken Sohn, sie werde sich melden, sie werde eine Arbeit finden, sie liebe ihn.

Er habe sehr schön erzählt von ihr im Radio.

Den Rest malt sie mit Filzstift rund ums Blatt.

Mit dem Zettel in der Hand steht er am Abend am Fenster und lehnt den heissen verheulten Kopf an die kalte Scheibe, starrt auf sein schönes neues Rad, das ihn in seine einsame Höhle zurückgebracht hat und das ihn morgen wieder in das kleine Reisebüro bringen wird – in seinem Rücken johlt die leere Wohnung, dann starrt er wieder auf den Zettel, den er nicht versteht – sie hat doch gar keine Schwester, am Anfang hat sie ihm von ihren Eltern erzählt, als lebten sie noch glücklich in einem kleinen Bergdorf in Sizilien – und dann zugeben müssen, dass beide längst gestorben sind, sie hat überall kleine Bären gemalt und einen grossen Bären, der mit einem Pfeil in der Brust unter ihrem Namen liegt – wie kindisch, wie peinlich – weil sie nur vor dem TV sitzt und *Discovery* schaut ....

Er setzt sich an den Tisch und trinkt ein Bier und dreht sich eine Zigarette und leckt sich die Tränen von den Lippen. Aus dem Radio kommt die Stimme, die er kennt:

– *Wir wiederholen die Sendung von heute morgen, wir fragen heute die Leute auf der Strasse zum Thema Trennung – Da hört die Liebe auf, wir fangen an mit dem wunderschönen Song von Hank Hyenna, gesungen von Norma Ice –*

Ich kann zu meiner Schwester gehen, auch wenn ich keine Schwester habe, ich kann machen, was ich will. Ich werde überall schnell weggewischt, mich hat noch niemand sehr lange ertragen, so traurig, dass wir jetzt nicht zusammen in der Küche sitzen bei einem Bier – und du deine Hände auf meine legst und dann aber plötzlich rauchen willst und schon hätten wir wieder einen schönen kleinen Streit, ich bin so ruhig, ich bin so kalt, ich bin so beschäftigt –

ich bin so weit weg, wie du heute morgen – einmal werde ich wiederkommen und schauen, wer jetzt in meiner Höhle liegt.

Du willst nicht, dass die Wunde heilt

Du willst nicht, dass die Wunde heilt

Ich schwebe durch meinen dunklen Turm in Brasov und blicke durchs Geviert der Steine in den blauen Himmel, in die winkenden Äste der Kiefern und Eichen, ins Innere des Gesteins, der Erde, des Landes, und der sanfte Wind dieser Gegend bringt mir dein Bild –

Du sitzt unheilbar romantisch und sehr melancholisch als schöne junge Frau auf den schroffen Klippen vor Hyppensgry und quälst die wenigen Menschen, die es auf der Insel aushalten müssen, mit deinen wechselnden Erscheinungen, du spukst über die sanften Hügel oder du rast mit der Brandung als gelblicher Nebel heran und hüllst die Fähre an einem leuchtenden Herbsttag in undurchdringliche Schleier, bis kurz vor den Hafen, bis knapp vor ein anderes Schiff, sehr knapp an den Felsen vorbei – so weit, so gut, wir wollen alle nicht, dass die Menschen uns vergessen.

In manchen Nächten heulst du stundenlang wie ein Wolf, die Fischer draussen vor der Küste erschauern unter ihren bunten Jacken, hier gibt es keine Wölfe, das muss dieses seltsame Wesen sein, diese riesige weisse Fledermaus, das schöne rothaarige Mädchen, das schöne weissblonde Mädchen, das schöne Mädchen mit den tellergrossen Augen, von dem die Frauen sagen, wer es auf einem Felsen sitzen oder sehr langsam übers Moor schweben sieht – der muss im selben Jahr noch sterben, die Frauen sind hier nicht schlimmer als anderswo –

Wesen wie wir sind Geschöpfe des Erdkerns, der glühenden Masse tief unter den Füssen der Menschen, und wir werden geboren als rauchige Schatten, die aus den Rissen und Spalten der Erdkruste, aus Geysiren und Vulkanen ans Licht der Sonne kommen –

Wir werden nicht geboren.

Wir sind sehr begabt, wir brauchen keine Mutter und keinen Vater, keine Liebe, kein Haus, kein eigenes Blut –

In meinem herrlichen Turm in Brasov lebt unter dem Dach eine echte Fledermaus, ein grosser Abendsegler, der jedesmal erschrickt, wenn er mich sieht – ich hänge mich neben ihn und wippe ein wenig hin und her und träume von dir, bin bei dir, wie du auf deiner Insel aus Stein und Moos vor Hyppensgry einen sterbenden Kormoran tröstest und seinen kleinen zuckenden Kopf streichelst und nach Robben Ausschau hältst, die du austrinken willst, weil du hungrig bist, und im Donnern der Brandung unter dir sagt jemand, *sie tat mir leid* –

Da heulst du auf, ganz von selbst und absichtslos, vielstimmig, wie eine Rotte von Wölfen – und lauschst in die endlosen Winde: Du hörst, wie wir ja alle, viele Seufzer, du hörst schweres Atmen, Ächzen und fernes Gelächter, Gurren, Sirren, Fetzen von Lauten, du hörst, was wir alle hören, wenn wir uns fallen lassen in den Strom der Existenzen, die Spur aller Töne der Welt, alle Stimmen, die etwas erzählen oder erklären oder lauthals lügen oder klagend fragen, zischen, die letzten Atemzüge und die allerersten, diese explosiven Schreie, mit der die Menschen ihre winzige Existenz anfangen oder beschliessen – irgendwann wird es dann wieder stiller, und nur noch wenige Klänge dringen durch, etwa die Stimme eines einzelnen Menschen, also Wörter, Sätze, oder ein Lied, manchmal klingt, was wir so hören, wie ein Lied, ein Lied unter Seufzern oder ein Lied als Lüge, eine Notdurft ihrer kläglichen Lebensspur –

Du senkst den Kopf, du lauschst, du bist beschämt, besudelt –

Dieser Mensch, den du sprechen hörst, sagt zu irgend jemandem, der nur Seufzer von sich gibt, *sie tat mir leid, sie tat mir immer leid. Sie schien so hilflos und sehr einsam, sie war ganz dünn, ein Schatten von einem Mädchen, aber halt schön und irgendwie ganz unvergesslich, ich kann sie nicht vergessen, ich weiss schon, dass das lächerlich klingt für jemanden, der sie nie gesehen hat, ihre Augen waren fast gelb –*

Du hast keine Geduld zu warten, bis der zuckende Vogel in deinem Arm endlich stirbt, du beisst ihn tot und lässt ihn den Felsen hinab in die wilde Brandung gleiten, was sind das für Geräusche, ein Kind? Ein Kind, das *Mmh* sagt oder *Ahh*? Ein Kind, das sich im Arm des Vaters dreht und nicht einschlafen kann? Menschenkinder schlafen schlecht, weil sie noch alles wissen –

Dann vergessen sie und werden kalt. Nur das Blut bleibt warm.

Man kann sie nicht lieben, wenn sie über uns reden, wenn

sie sich an uns erinnern, an unsere Erscheinung, glauben sie immer, wir seien krank oder traurig oder beides.

Wir sind nie krank, nichts an uns ist krank.

… sie war ein armer Kerl, sie hat mir leid getan, sie war seltsam, aber sehr schön, sehr innig, leidenschaftlich, aber verspannt, entsetzlich verspannt, eigentlich verklemmt, oder vielleicht schüchtern, was weiss ich …

– das sagt er und er küsst, und zwischen den Küssen redet er über dich, wie du dich ihm zu Füssen geworfen hast, wie gierig du warst und wie verspannt, wie du plötzlich vor ihm standest, aus dem Nichts, aus einem Stück Asphalt herausgewachsen, so ein Quatsch! – dass du nichts gegessen und nur mit Ekel getrunken hast, dass du seltsam warst –

Du willst ihn sehen, du wartest auf die Robben, du zählst mühsam die Zeit, wie lange das her ist, die Menschen haben so kleine Lebenszahlen, winzig kleine Jahre, in denen sie ganz schnell eine einzige Existenz leben müssen, eingesperrt in winzig kleine Zeit, in einen einzigen Körper, den sie nicht verlassen dürfen – wir beide wissen, dass die Menschen erbärmlich sind.

Sprich es mir nach: Die Menschen sind erbärmlich.

Wir sollten uns nicht erniedrigen und sie lieben.

Man kann sie nicht lieben. Sie sind wie ein Wimpernschlag und sterben vom Tag ihrer Geburt an. Flüchtige Säcke ohne Gewissheit und ohne Eleganz!

Aber du – du lässt dich hinreissen.

Ich nicht, ich bleibe in meinem schönen alten Turm in Brasov oder ich reise nach Galati, wo wir nachts mit den Motorrädern durchs uralte Stadttor sausen und in den einsamen Wäldern den Braunbären nachjagen, bis sie sich vor Furcht zu einer leise bebenden Kugel einrollen und reglos neben der Strasse liegenbleiben, die riesigen Pranken um den Kopf gelegt – und ein junger Förster sie so findet, gegen Morgen, und vielleicht noch unsere Motorräder davonbrausen sieht, auf denen seiner Erinnerung nach gar niemand gesessen hat …

Niemand sind immer wir.

Du lässt dich hinreissen. Du machst dich auf den Weg. Ja, durch die Stürme des Nordmeers als schöne junge Frau, Irritation, knapp über dem Schaum der Gischt und durch die riesigen Trichter zwischen den Wellen, das kupferrote Haar fast schwarz vor Nässe, Aufschrei bei der Küstenwache, einer fällt vor Schreck über Bord, er hat eine junge Frau über sich hinwegfliegen sehen, er wird schnell geborgen und bleibt lange krankgeschrieben –

dann weiter, tief über den nassen Sand, ein alter Mann lacht, jetzt sieht er ein schönes Mädchen mit unnatürlich geradem Hals und kupferrotem Haar über die Nehrung fliegen, fliegen – fliegen – so lange ist er schon alleine, dass er die Frauen fliegen sieht –, und weiter: als kleine schwarze Fledermaus über die Dünen und Deiche und weiter über die prachtvollen leuchtenden vielspurigen Strassen, immer noch als Fledermaus, beinahe lautlos an andern Wesen vorbei, dann plötzlich wieder als halbes Kind, das Gesicht kalkweiss, die riesigen Augen halb geschlossen, mattes Winken, dein kupferrotes Haar wie ein Schweif hinter dir, die dünnen weissen Arme ausgestreckt, und weiter –

über die grünen Hügel und als schwarzer Schatten durch das doppelfarbige Licht des Abends, mattes Rot und dunkelstes Blau, an den riesigen Hallen und fensterlosen Türmen vorbei, an den farbigen Wohnblocks, aus dem dir die Kinder mit offenen Mündern nachstarren, bevor sie sich wieder dem Bildschirm zuwenden und glauben, du seist Bibi Blocksberg, die kleine Hexe aus dem Neubauviertel! –

Telefon am nächsten Tag, die bleichen Mütter:

– Können wir einen Termin haben bei Ihnen, unsere Kinder behaupten, sie hätten Bibi Blocksberg am Himmel gesehen?

– Sie können gerne vorbeikommen, aber es ist ganz normal, wenn Kinder ihre Idole am Himmel sehen.

– Ja, aber es war gar nicht Bibi Blocksberg!

– Es war nicht – was war es denn? Haben die Kinder ein Problem mit der Erscheinung?

– Nein.

– Was war es denn für eine Erscheinung?

– Eben. Das wissen wir nicht. Vielleicht halb Frau, halb riesige Fledermaus –

Pause. Schweigen.

– Soso. Halb Frau, halb Fledermaus. Das haben Sie gesehen. Ich dachte, es sei wegen der Kinder … Möchten Sie vielleicht alleine kommen? Ich hätte noch einen Termin um Viertel nach zehn …

– Wenn Sie meinen –

Saust weiter, das schöne Kind, wegen dem Liebesquatsch! Wegen Erniedrigung, Scham, Schande, Irritation. Verklemmt und passioniert, rasendes Stengelchen zwischen fetten Wolkentürmen – alles was dir die Luft so zuträgt auf dem Flug, alles wirft dich nieder, zerrüttet dich, wegen dem Liebesquatsch! Aber du gefällst dir, wenn du fliegst, mal als die Frau, die du gerne spielst, und dann als taumelnder Abendsegler, zwischen den surrenden Drähten zu den Schienen und über den Fluss in den neuen Westen der Stadt, jetzt spielst du Bussard, du fliegst als Bussard, und die müden Büromenschen stehen auf und folgen lächelnd deinem Flug, ein Bussard, wie schön, dass sich ein Vogel in diese Wüste aus Glas und Stein verirrt, wie schön –

Du gefällst dir selbst –

aber du hast ihn sagen hören: *…sie war mir unheimlich und eigentlich ein armes Geschöpf, ich hatte immer wieder Angst vor ihr, und sie tat mir oft leid …*

Er hat das nicht zu einem müden Kind gesagt, aber zu einem jungen Menschen, der nur Seufzer von sich gab und den er küsste zwischen den Worten, es rauscht dir im Ohr, ein Endlosband: … *nein, ich habe kein Foto von ihr, kein Bild von ihr, aber ich seh sie noch jetzt, als wäre es gestern, irgendwas war faul, sie kam aus dem Nichts und ist auch wieder verschwunden, von einem Tag auf den andern, ich konnte sie nirgends finden, sie sagte, sie wohne an der Pflanzschulstrasse 10, aber dort stand gar kein Haus, nur ein Schuppen, in dem ein paar alte Säufer wohnten und panische Angst vor irgendeinem Uhu hatten, der sie nachts überfiel und auf sie einhackte mit seinem Raubschnabel, sie haben das alles ganz wirr erzählt und die Säuferäuglein verdreht – sie hat gar nie dort gewohnt, dort konnte man nicht wohnen, ihre Zähne waren nicht so schön, ihre Augen waren riesig, unglaublich sehnsüchtige Augen, wie in äusserster Not –*

Komm nach Galati. Komm Bären jagen.

Er muss dich erklären, weil er dich nicht vergessen kann, das machen sie so, sie erklären alles und sie verstehen nichts, überall Wortfladen, die Menschen entleeren sich Tag und Nacht –

Denk an uns.

Denk, wie schön wir sind, wie ewig, Wurzeln bis ins Anfangsalphabet aller Aminosäuren, die uns um die Ohren geflogen sind, als wir versuchten, rein gedanklich zu bleiben, Idee, nicht Anschauung –

Denk an unseren Glanz, die Menschen nennen uns ja je nachdem *pompe funèbre*, und das heisst so etwas wie «wunderschön im Abendlicht», oder *vente pire*, das heisst groteskerweise «noch schlimmer als verkauft» … Uralter Hass der dumpfen organischen Materie …

Wir halten Hof in den verlassenen Habitaten der Menschen, wo wir als Idee wirken, nicht als Feld- oder Fledermaus, in den Ateliers verstorbener Maler oder Fotografen, wo wir alles verbessern, was wir finden können, Bilder, Biographien, alles verbessern wir –

Denk an die schönen Sommertage, an denen wir durch die Gärten flirren, durch viele Gärten, in denen sie sich belügen, bis die Hunde aufstehen und winseln –

Schaum auf den Wellen eines kleinen Sees, plötzlich aufkommender Wind –

Denk an die Nacht, die uns gehört, denk an den Schlaf der kranken Kinder, den wir hüten, kauernd unten am Bett, ohne zu trinken und ohne zu träumen, und wenn sie die Augen öffnen und uns sehen, lächeln sie und strecken ihre Arme nach uns aus – dass wir sie aus der Enge reissen –

Vergiss die kleinen Schönheiten nicht, das Irrlicht, das Flimmern im Moor – und wie sogar Bäume sich vor uns fürchten und alle Blätter fallen lassen mitten im Sommer –

Erzrivalen tauschen das gestockte Blut am Ortasee und weiter – kein Herz muss schlagen, pumpen, zucken –

Wir tauschen das Blut und geben es denen, die nichts haben –

Wir sind schön in jeder Gestalt –

Kein Schweiss, nichts, das klebrige Menschenzeug, das du liebst, auch wenn es dich ekelt –

Dagegen wir: nichts als Wesen, uralt –

so dass die Menschen wieder und wieder beteuern, uns gäbe es gar nicht –

Mächtiger Abendhimmel über dem See, rosa Wolken vor verderblichem Dunkel, Dunkel, das sie fürchten –

Es sind ja die Augen, die Augen, oh, wenn sie eine Ahnung hätten, wie wir ihre Augen manchmal mögen oder sogar lieben, aus Versehen lieben, ihre traurigen Fensterlein, ihre schlauen Kammern – und dass wir sie nachts auf die Augen küssen und uns hüten vor ihren Mündern, weil sie nicht aufhören können zu verdauen, weil sie schreckliche

Dinge essen und dann verdauen, weil sie zum Fürchten riechen …

Der Bussard schlägt an die Scheiben der riesigen Türme aus Glas, er fliegt zu schnell und ohne Richtung, schaut da und dort vorbei und stösst ans Glas und hinterlässt dunkle Flecken als Spur, lässt sein Blut auf die Autos im Hof tropfen, auf die schönen neuen Audis, auf die Maybachs und Mercedes, überall Blut – wenn wir uns verwandeln, haben wir auch Blut zum Tropfenlassen –

Die Menschen sitzen gerne tagelang oder sie stehen oder sie laufen, und das macht sie hässlich, wir ertragen ihren Anblick besser, wenn sie liegen.

Der stolze schöne blutende Bussard hängt bald als Fledermaus an der blauen Leuchtschrift von *bluewin*, alle suchen ihn, viele Menschen schauen nach oben, so ein seltsamer Vogel im Spätherbst, so ein dummer Vogel, niemand sieht ihn mehr, war er überhaupt mal da?

Niemand sind eigentlich immer wir!

Du bist erschöpft oder du empfindest eine tiefe Sehnsucht, wie eine Fledermaus sie halt empfindet, wenn sie an Firmenschriften hängt, du richtest dich zugrunde –

Wir sind veränderbar durch Wünsche und wir ahnen, was die Menschen wünschen, und wir tun oft, was sie wünschen, und verwandeln uns, wir verirren uns in sie, verlieren uns an sie –

Wir glauben, dass sie nicht ihr ganzes Blut für sich alleine brauchen –

Du erniedrigst dich.

Krallst dich als Fledermaus an den metallenen Rahmen eines Fensters im sechsten Stock, niemand schaut, sie sitzen um einen Tisch, sie sitzen immer, tagelang sitzen die Menschen, er nicht, er auch, er steht weisshaarig an der Türe und spielt mit einem Stift, schaut an die Decke und wartet wohl darauf, dass ihn die Sekretärin flüsternd aus der Sitzung holt, stolpert durch die Korridore, unhörbar – Teppiche, auf denen man schlafen kann –, läuft in sein Büro, wo eine schöne junge Frau aufsteht und lächelnd *Quatsch* sagt, irgendwas quatscht, du folgst ihm durch eine Lücke in der Lüftung, die Gänge sind hoch, aber weiss, weiss, weiss – und du bist ein schwarzer Fleck, du bist nicht passend – er läuft unter dir hindurch, er küsst die Frau, er geht zurück in das Zimmer –

Wir stecken sie nicht an mit unserem Biss, wir machen sie nicht zu Wesen, das zeigen sie in ihren lächerlichen Filmen, wie wir sie mit unseren Bissen zu Wesen machen, es ist ein Wunschtraum, es ist noch gar nie vorgekommen, sie haben kein Talent zum Sein, nicht die Gabe zu existieren, nichts –

Sie haben nichts. Sie sagen: *Niemand.*

Aber *Niemand* sind wir.

Du erniedrigst dich und rast als Kakerlake hinter diesem Menschen her, einem alten Mann, dem der Atem leise rasselt, wenn er zu schnell läuft, auf dem hellen fetten Teppich rast du ihm hinterher, mit straff angelegten langen Fühlern, und es quält dich, wie er leben kann, ohne auf dich zu warten, wie weiss sein Haar geworden ist, und dann sitzt du als Kakerlake bei den Menschen auf dem blauen Teppich unter dem schwarzen Stuhl, unter der riesigen gläsernen Tischplatte, und siehst ihn durch die kleine Brille auf die grosse Leinwand starren, auf die Zacken und Kurven, und mit dem Silberstift etwas erklären –

Hinter dir schreit der Abend über der Stadt und –

So über alle Massen aufgeregt warst du, wenn er auf dich gewartet hat, und du warst schon da, neben dem Pavillon des alten Hotels auf dem Hügel über der Stadt, mit den vielen fremden bleichen Ferienkindern, die an langen Tischen ihre Spaghetti mit den kleinen Händen assen und die Gläser schwenkten und mit einem Aufschrei zu den riesigen hohen Fenstern rannten, als sie euch sahen, und dich anstarrten und nur dich, und die Kleinsten duckten sich auf den Boden und legten die Hände übers Gesicht, bis die Betreuerinnen sie auf ihren Armen nach hinten trugen und die Kinder wieder an die Tische trieben und dann mit einem Kopfschütteln im Lärm der fremden Sprache sitzenblieben, und die Kinder langsam und vorsichtig weiterassen –

Da habt ihr beide gelacht, und er hat geglaubt, es sei dein rotes Haar oder die grossen Augen oder die Verzerrung der Züge, wenn man sich an eine Scheibe presst –

Jetzt plagt dich die Sehnsucht nach jener Zeit weit draussen neben den Geleisen, hinter der Pumpstation, als er zu dir wankte wie ein Verdurstender in der Wüste und sich in deine Arme fallen liess –

Wie er sagte, *egal, wenn du nicht zu mir nach Hause kommen willst, meine Eltern sind schon reich, aber nett* –

Wie du sagtest, *wir können nicht zu mir, mein Vater ist ein böser Mann, er trinkt und schlägt mich* –

Wie er sagte, er werde eine Wohnung suchen –

Wie du sagtest, *du brauchst keine Wohnung, ich bin ja da* –

Wie er sagte, *können wir uns nicht mal woanders sehen, als immer nur hier draussen?*

Wie dann im teuren Hotel der Spiegel neben dem Bett dich wütend machte, er liess sich nicht abnehmen, und du hast dich nicht gespiegelt in diesem Spiegel, er musste alleine bleiben im Spiegel, so wie er auch alleine durch den Spiegel gehen wird, wenn er stirbt – wie schön es dann war in dem Hotel, ihr beide ganz allein Tag und Nacht in dem grossen hohen Zimmer, die sommerliche Hitze, die Äste der Platane vor dem Fenster, nachts alles so schwarz und tags alles im grünen Licht dieser Platane –

Wie er bleich wurde, wenn er in den Spiegel blickte und dich nicht sah, wie er dich dann anfasste, wie enorm Angst er manchmal hatte, Angst bis zur Grobheit, Angst bis zum Kauen ohne Bissen im Mund, aber schöne Angst, und dann plötzlich enormer Appetit, Menschen-Hunger, ein weisser Wagen wurde ins Zimmer gefahren mit schrecklichen Dingen darauf. Wie er dann gegessen hat: Bissen in Mund, kauen, speicheln, schlucken, flutsch – und dir die Hand gehalten, dich angefasst, während er ass und speichelte –

Du aber nicht, du hast nicht gegessen –

Wie ihr gebadet habt im Wasser und du das Wasser rot

hast werden lassen, dann grün, dann dunkelblau, und wie er lachte und dich wegstiess.

Wie er sagte, *ich glaube nicht an solche Sachen,* und vor Grauen kotzen musste.

Wie du sagtest, *du musst nichts glauben, es ist alles da.*

Und wie er sagte, *ich fasse es nicht,* und dich schlagen wollte und ins Leere schlug, wie er aufsprang, dich umarmte und dich wieder in den Armen hielt, wie er dich küsste und dann an dir roch, wie er deine Augen untersuchte mit seinen Augen und dann wie ein Wahnsinniger nackt aus dem Zimmer stürmte und gleich wieder zurück und schluchzend seinen Mantel suchte, wie du ihn wieder und wieder zurückgehalten hast, wieder und wieder, seine Schläge ins Leere, seine Seufzer hinaus zu den Platanen –

Wie du sagtest, *ich glaube, ich habe einen andern Rhythmus als du,* und er sich aufsetzte und auf dich niederblickte und nickte und nichts mehr sagte –

Wie er seine Freundin würgte, als sie ihn fragte, ob er nicht glücklich sei mit ihr, wie er seinen Vater ins Gesicht schlug, wie er alles auf dem Flohmarkt verkaufte, was er besass, und am Boden hockte wie ein Affe, wie er das Studium abbrach, abmagerte, fast zum Skelett, und dir folgte, wohin auch immer, in Zügen, auf Schiffen, im alten Mercedes auf einer Strasse, die es auf keiner Karte gibt –

Nachts helle Lichter, die dich zwei- oder dreifach zeigten, bis er hysterisch johlte und mit den Füssen um sich schlug, oder am frühen Morgen ihr zwei ganz allein im Abteil eines Zugs, der keine Schiene braucht, und von draussen ockerfarbenes Licht, im Rhythmus der Schienen, du schaust in sein blasses junges Gesicht, ein Gefühl zum Zerreissen, Scham vor dem Pumpwerk der Menschen, Ekel vor deiner Doppelnatur, oft als Kakerlake unterwegs, wenn er dich verlassen und nie wiedersehen wollte … Unter stinkenden Menschentieren, Schuhen, Stiefeln, Sandalen, versteckt, singend:

Schöner, du Schönster, du fehlst mir so sehr
so lieb war mir dein Auge
ich brech so gern darin
so lieb war mir dein Hals
wo ich als Mikrobe, wo ich als Mikrobe
in der Carotis bin –

Ich in meinem schönen Turm in Brasov, schwebend, voller Gleichmut, und du in der schönen Stadt, im neuen Westen, wo in rosa Wolken seit Stunden die Sonne untergeht, viel länger als sonst, die Menschen staunen und beraten sich, sie nennen es ein Phänomen, auf allen Bildschirmen ältere Herren, die es zu erklären suchen.

Du sitzt am Fluss mit deinen Hunden. Äste treiben vorbei, ein kleines Ruderboot, in dem niemand sitzt. *Niemand.* Also einer von uns. Du lächelst, die Hunde winseln. Sie weichen zurück vor den Hunden der Menschen. Du lächelst die Leute an, die vorübergehen, sie lächeln zurück, so gut sie können, und schlagen dann die Kragen hoch, drehen sich flüsternd nach dir um, die Wolken ziehen, der herbstliche Wind fegt die Blätter von den Bäumen.

Du träumst ihm hinterher, auch wenn du weisst, dass er nicht mehr der gleiche ist, du träumst alte Bilder herbei, nur das Weisse seiner Augen hast du gesehen in der Hütte des Kieswerks, ganz ausser sich, aschfahl, schlotternd vor Angst, und er wollte doch nicht gehen, oder die Geräusche vom Schilf beim kleinen See, wo du das erste Mal begriffen hast, dass er bald gehen wird, zu einer andern, und wenn du damals ein Empfinden hattest, willst du es jetzt gleich wiederholen, unter blinkenden Lidern und jubelnd, unter einem Haufen Blätter sitzend und getarnt, vor seinem schönen grossen Haus, als Winzling, als Kakerlake –

Wir haben keine Zeit, die uns begrenzt.

Seit Wochen jagst du ihm nach, siehst du ihn promenieren mit seiner kostbaren jungen Frau, einer nigelnagelneuen Frau, oder im Büro sitzen und telefonieren und *unsere Mitarbeiter* sagen, du erniedrigst dich, du folgst diesem alten Mann, der einst ein junger war, gleich trittst du auf ihn zu und fasst ihn irgendwo, wie glatt und makellos ist dieser Mensch unter Menschen jetzt geworden –

Durch alles hindurch trägt dich die Erinnerung an seine Liebe, an sein Herz, dieses Pumpwerk aus Kammern und Drähten – Quatsch, aus Schläuchen und dem köstlichen Saft der Lebendigen, den sie Blut nennen, und von dem wir trinken, ohne dass sie es merken, nachts, tags, sie sagen, wir schlafen am Tag, wir schlafen in Särgen. Was uns, sehr selten, mit einem von ihnen verbindet, sind immer nur diese wenigen Jahre, in denen sie uns gefallen, und die Erinnerung an diese wenigen Jahre –

Dazu die Qual, sie später nicht mehr zu finden, weil sie verfallen und schnell der Erde zugehen und wieder Erde werden, hörst du mich?

Bei uns geht ein Wesen über ins andere. Keine Worte.

Ich alleine in Galati. Trinke draussen vor der Stadt einen jungen Fasan, er zappelt fröhlich, er riecht sehr köstlich nach Wild und Heu und Erde, er torkelt benommen davon, ich lege mich über die Ebene zwischen Himmel und Erde, auf mir der Widerschein des Monds, dazu ganz leise die Stimmen der müden alten Stadt.

Und du schaust durch die Scheiben seines Hauses, wie er ein kleines Mädchen in seine ausgebreiteten Arme taumeln lässt, dann schnell nach oben schaut, in dein vergrössertes Gesicht, das du auf der Wand leuchten lässt, und sich dann achselzukkend vor dem Kind niederbeugt, um ihm die kleinen Schuhe auszuziehen, wie er sie lachend seiner neuen Frau zuwirft, wie er die Lichter löscht –

Erzstählernes Pumpwerk ruft: *Vorbei!*

Und du mit deinem Glücksgebell von damals ein wenig deplaziert, zerrüttet, wie einst er –

Wochen später sitzt du als Menschin in Not, als Alkoholikerin, als jugendliche Alkoholikerin, aschfahl, mit deinen drei wilden Hunden im Park und starrst ihn an, wie er mit ihr am Arm promeniert, und du willst nicht älter sein als sie und überdenkst dein Gesicht, die ganze Erscheinung mit den gelben Augen wie ein Wolf. Seine Haut ist braun und fast glatt, das Haar ganz weiss und um die blauen Augen senkt sich das Fleisch ins Ungewisse, ein altes Menschentier, aber feines Tuch um den alten Leib und ganz neue Frau, er legt sein Gesicht an ihres, er schnuppert und riecht an ihren Haaren, er streift sie mit den Händen, er kann die Hände nicht von ihr lassen, er läuft wie früher, nur etwas steif um die Hüften, du starrst ihn an, er dreht sich um, weil ihn dein Blick im Nakken traf, er kramt in der Hosentasche, er läuft auf dich zu, du lächelst, du sagst, *erinnerst du dich nicht, du blöder Hund?* – er lächelt auch und reicht dir kopfschüttelnd einen blauen Geldschein und schaut auf die Hunde, die sich aufstellen und heulen –

Er dreht sich nicht einmal um, passiert die Hügel, die Erinnerung an eure Treffen, die Hütte am Kieswerk, alle Hotels und Strassen und Züge, alle Bahnhöfe, alle schmuddeligen kleinen Zimmer, alle schönen grossen Zimmer, den abendlichen Himmel und den frühen Anbruch der Morgenröte, und dich, er läuft davon und du hältst den blauen Schein deinen Hunden hin, die an ihm schnuppern und freudig aufjaulen –

Du lehnst dich nach vorne, schaust auf den liederlichen Boden um dich herum, auf die alten Spritzen, Flaschen, auf die Kekse und den Kot, auf die Kastanien, die dich dem Weinen nahe bringen, weil sie schön sind, so wie ihr schön ward, jede Ritze in der Erde tut sich dir einzeln auf, du redest mit dir selbst, das ist ein Stadium, das ist bei Alkoholikern normal, du drückst die Zigaretten auf deinen Händen aus und schaust zu, wie aus den schrundigen blutigen Löchern die alte Babyhaut nachwächst, die weisser ist als Elfenbein, und vergräbst das

Gesicht im Fell einer jungen Katze, bevor du sie trinkst, und du schaust durch den Dreck und die Erde in die Tiefe, die dich geboren hat, schaust lächelnd dorthin, wo es dampft und qualmt wie immer und für immer – für eine nächste Generation, für ein Heer von Liebenden –

Atlantikrevue

Atlantikrevue

Er sitzt im Hotel neben ihrem Hotel und starrt mit dem Fernglas zu ihr hinüber.

Sie sitzt auf der Terrasse, ihr grosser braungebrannter Begleiter hat eine Hand auf ihr Bein gelegt und isst mit den Fingern der andern sehr bedächtig kleine Fische von einer Platte, sein kahler Schädel glänzt in der Sonne, durch die Sonnenbrille schaut er hinaus aufs Meer, dann wischt er sich den Mund ab, steht umständlich von der Liege auf, greift nach seiner Krücke, bückt sich, hebt mit der Hand ihr Gesicht zu sich und küsst sie lange auf den Mund und auf die Stirne und humpelt ins Dunkel des Zimmers, und eine halbe Stunde später richtet sie sich auf, dreht sich um, schaut zum Balkon des andern Hotels, zu ihm hin und gibt das Zeichen, das heisst, sie legt ihr Badetuch quer über ihre Liege und die ihres Begleiters, und taucht dann in grosser Eile ins Dunkel des Zimmers.

Er lächelt versonnen, legt das Fernglas zur Seite und raucht eine Zigarette, mit einem Sprung verlässt er den kleinen Balkon und wartet vor dem mit halb aufgeblasenen Gummibooten belegten Weg vor seinem Hotel, und sie schiesst wenig später aus dem rosenumrankten Eingang ihres Hotels und sie laufen in einigem Abstand voneinander den Strand entlang, wo eine laute Ferienkolonie jeden Tag ein kompliziertes Spiel mit Bällen, Tüchern und farbigen Bändern spielt.

Sie laufen getrennt, wie Fremde, die zufällig den gleichen

Weg entlangspazieren, bis sie ausser Sichtweite sind, und fassen sich erst dann an den Händen, küssen und umarmen sich und rennen in die ersten gischtigen Wellen, tauchen unter den grösseren Brechern hindurch, lassen einander nicht los, reiben sich das Wasser aus den Augen, atmen tief durch, nehmen sich wieder an der Hand und tauchen weiter, bis sie in ruhigeres Wasser kommen, dann schwimmen sie einträchtig einer neben dem andern weit hinaus und kämpfen gegen die Gischt, die ihnen entgegenschlägt, und können nicht sehen, wie der Mann mit der Krücke aus dem Zimmer auf die Terrasse hinkt und schwer atmend einen Feldstecher vor die Augen hält und den Strand absucht, die schäumende Fläche des Wassers absucht, bis er innehält und regungslos den winzigen Köpfen der Schwimmenden folgt.

Er sieht sie klein wie Punkte aus dem Wasser steigen und einander verfolgend über den heissen Sand rennen, er sieht sie fallen, stürzen, springen und hinter einer Düne verschwinden –

Er lässt die Hand mit dem Fernglas sinken und bleibt bewegungslos stehen, ein Schatten im Schatten der ziehenden Wolken –

– Warum nimmst du uns nicht mit, Papa?

– Ich kann nicht, ich muss arbeiten – es sind nur ein paar Tage, du bleibst bei Mamma und lernst schwimmen –

– Ich will nicht schwimmen. Ich bekomme keine Luft beim Schwimmen, und die Frau schreit –

– Welche Frau?

– Die Schwimmerfrau, sie schreit und reisst mich am Arm –

– Und warum tut sie das?

– Ich weiss es nicht, sie hat auch mit Arco geschimpft, ich möchte lieber zu dir kommen –

– Nein, du bleibst bei Mamma, aber wenn die Frau so böse ist mit euch, dann musst du nicht mehr schwimmen, Mamma wird dich abmelden, sie kann es dir auch beibringen … hallo … bist du noch da?

– Du bist schon so alt, Papa, du hast überhaupt keine Haare mehr …

– Ja, da hast du recht, aber du bist jung, das ist das wichtigste –

– Ja, aber wenn du so lange weg bist, bin ich vielleicht gestorben, bis du wiederkommst –

– Nein, wieso denn? I c h bin doch alt –

– Bist du jetzt im Büro?

– Nein, ich bin im Hotel, ich gehe jetzt dann ins Büro, was machst du denn jetzt?

– Ich gehe zu Luiz, ich schlafe dort.

– Gibst du mir keinen Kuss?

– Nein, du kratzt –

– Aber doch nicht am Telefon, da kann ich doch nicht kratzen –

– Doch. Bringst du mir was mit?

– Ja, gibst du mir jetzt Mamma?

– Nein, sie ist schon draussen, ich habe dich alleine angerufen.

– Gut. Bis bald, gib Mamma einen Kuss von mir, ja?

– Ja. Ciao Papa, du könntest mir einen Spiderman mitbringen –

– Mal sehen, ciao, bis bald –

«Bin schnell schwimmen gegangen.

Wollte dich nicht wecken, Herzchen, Kuss» –

Ich liege wach mit geschlossenen Augen, und höre sie lange in ihren Plastiksäcken kramen, höre sie feindselig das Bett umschleichen, in dem ich liege und den Schlafenden spiele, ich höre sie im Bad, höre das Knistern im Bad, höre sie durchs Zimmer huschen, auf die Terrasse huschen, höre das Blättern des Winds in ihrer Zeitung, das Geräusch der Liege, wenn sie sich dreht, das trockene Reiben ihrer Füsse auf dem Stein, und ich liege und täusche vor zu schlafen, um mich daran zu freuen, wie sie mich betrügt, wie sie sich schmückt mit nichts, mit ihrer Erwartung, mit ihrer Freude, und ich wage es nicht, die Augen zu öffnen und sie zu fragen, was sie mache, wohin sie gehe, sie würde sagen: Ich gehe schwimmen, schlaf dich ruhig aus, und ich müsste sagen: Warte, ich komme mit dir, und dann würden wir laufen, wie sie laufen, und schwimmen, wie sie schwimmen, aber ihr Blick ginge unruhig hin und her, sie würde auf ihn warten, würde alles mitmachen und auf ihn warten, seit wir hier sind, wartet sie – und ich spiele den Schlafenden und höre, wie sie mit angehaltenem Atem noch einmal ans Bett kommt und prüft, ob ich wirklich schlafe, wie sie mit einem unterdrückten Laut aus dem Zimmer hastet, und dann öffne ich die Augen und sehe hinter dem weissen Geländer der Terrasse das dunkle Blau der Wellen und darüber das milchige Blau des Himmels und ich stehe auf und folge ihnen, bis ich sie nicht mehr sehe, und dort hinten fallen sie erleichtert übereinander her, dort hinten haben sie ihr Nest gebaut, und rasend vor Freude fallen sie übereinander her und jagen dann zurück, sie huscht ins Zimmer und lehnt sich über mich und flüstert etwas, sie riecht nach Tang und Meer, nach heisser

Haut, nach heisser fremder Haut und ein wenig Schweiss, sie weiss es und geht schnell ins Bad und schliesst die Türe und kommt zurück und riecht nach ihren Salben, dann öffne ich die Augen und schau sie an, sie lächelt schon ein wenig ängstlich, und ich fasse sie an beiden Armen, und sie versucht sich beiläufig zu befreien, sie schüttelt den Kopf und lacht, lacht wie über einen dummen Scherz, sie versucht schon ein wenig ernster, sich mir zu entwinden: dann packe ich zu, dann liegt sie verärgert, mit schlechtem Gewissen unter mir und gibt nach, und dann pumpe ich in ihren schlaffen verlogenen nachgiebigen Körper meine Wahrheit, mich selbst, und ich schaue zu, wie ihre Pupillen weit und weiter werden, bis ihr heller schwimmender Blick die Starre von schwarzen Kieselsteinen bekommt, Gemenge der Gefühle, halb Qual, halb Lust, und später natürlich Müdigkeit und noch später ein bisschen Scham und Zorn, das Beste: der Zorn, die Kiesel, all das Zeug, das sie nicht sagt, nicht sagen kann, weil sie es dem anderen ins Ohr gestöhnt hat –

Wie früher beim Essen:

Das Beste hob ich mir auf bis zuletzt.

Das Beste mit der Gabel an den Tellerrand gelegt und erst zuletzt, in kleinen Bissen, möglichst langsam, ewig kauend …

das heisst: Ich verfolge jeden Bissen noch heute bis zum Schlund,

während die andern reden und reden und reden, lasse ich es mir gutgehen,

in der sonntäglichen Stille der Vorstadt

greife ich mir das Mädchen meiner Wahl

und mache sie zu meiner Madonna, zu meinem Hund, zu meinem letzten Bissen,

dann kommt die Nacht, und du weisst nichts von mir und ich bleibe wach,

du liegst und dein Herz schlägt,

deine Brust hebt und senkt sich –

du hast etwas aus deinem Leben gemacht, nicht wie die Mädchen in den Clubs, die lächeln und warten und viel zuviel trinken, du hast dir deinen eigenen Laden gebaut und sonntags läufst du die menschenleere Strasse entlang mit einer riesigen Sonnenbrille und einem hellen Kleid, das sind alles meine Strassen, und du weisst es nicht, ich komme aus der gleichen Gegend wie du, aber das weisst du nicht und wirst es nicht erfahren, du willst weg von mir und auch wieder nicht und wirfst dich diesem billigen Jungen von nebenan an den Hals wie eine läufige Hündin und schaust unten in der kleinen Halle in alle Spiegel, wenn du mit mir redest –

Sie läuft den Weg zurück, der Junge schwimmt weit draussen, hin und wieder stösst er einen Jauchzer aus, den sie hören kann, sie trottet verträumt nach Hause, ohne besondere Aufregung, ohne ein starkes Gefühl, aber müde und hungrig, sie öffnet leise die Türe und sieht ihn noch immer mit geschlossenen Augen liegen und fragt sich, ob er wirklich schläft, an den Jungen denkt sie nicht mehr, an seinen Ernst, den er vielleicht nur für sie geheuchelt hat, und an ihr unterdrücktes Kichern, an ihr Gegacker, sie geht ins Bad, schaut in den Spiegel, sieht sich sehr ernst und braungebrannt mit grossen weissen Flecken zwischendurch, die sie erschrecken, und fragt sich, was sie sich wünschen würde, hätte sie einen Wunsch frei, sie fühlt sich bleiern schwer und müde, und es fällt ihr nichts ein, nur dass sie gerne ein kleines Mädchen um sich hätte, keinen Jungen, dass sie gerne eine Tochter hätte, und für diese Tochter würde sie jeden Abend kochen, sie würde ihr morgens die Haare kämmen und sie würde sie nicht alleine lassen, sie würde ihr alles erklären und alles kaufen –

Sie wehrt mich ab, mit dem Instinkt der Jungen wehrt sie mich ab, es zieht sie weg von mir, seit sie nicht mehr trinkt, aber ich lasse sie nicht gehen, und das gefällt ihr –

Abends sitzt sie mit ihrem Begleiter im duftenden Garten des kleinen Hotels und isst, ohne den Kopf zu heben, öffnet kleine Muscheln und zerlegt Schalentiere, kratzt das Fleisch von den Gräten der Fische, drückt Zitronensaft aus, presst mit der Gabel den Reis tief in die heisse Butter und legt ihn dann auf den Bissen, den sie vorsichtig kaut, mit einer leichten Starre kaut und schluckt. Ihr Begleiter trinkt den Wein in grossen Schlücken und schaut ihr zu, wie sie isst, ab und zu nimmt er einen Bissen von seinem Teller und schaut aus seinen schmalen Augen ins Dickicht aus Sandgräsern und Bambus, das die Restaurants der beiden Hotels voneinander trennt. Sein grosser kahler Schädel glänzt, dann zündet er sich eine Zigarre an und bläst den Rauch achtlos vor sich hin, zu ihr hinüber, sie wedelt mit den Händen, lacht und wendet sich ab, dreht sich um und schaut immer noch lächelnd für den Bruchteil einer Sekunde durch den Bambus, zu ihm, er lässt den Löffel sinken und lehnt sich tief in seinen Plastikstuhl, ihre Nähe macht ihn unruhig, er wird morgen wieder auf ihr Zeichen warten, und nach dem Essen noch ein paar Drinks in einer Bar nehmen, in der er gestern zwei hoffnungslos zerstrittene, dunkelrot verbrannte Freundinnen zum Lachen gebracht hat, und eines dieser Mädchen ist heute wohl abgereist und das andere vielleicht noch da –

Er lächelt versonnen und fängt einen glühenden Blick der Wirtin auf, die auch ein Auge auf ihn hat, er schaut freundlich und kalt in ihr erhitztes Gesicht, sucht nach einer Zigarette, lächelt immer noch –

– *Und?*

– *Ich weiss nicht, er hat irgendwas gemerkt –*

– *Wieso, du hast gesagt, er schläft –*

– *Ja.*

– *Sehen wir uns morgen? Ich will dich sehen –*

– *Nein.*

– *Warum nicht, hast du Angst vor ihm?*

– *Nein. Ja. Ich muss jetzt aufhören, er kommt –*

– *Ich will dich sehen.*

– *Es geht nicht –*

Das wird wohl nichts mehr in diesem kleinen Hotel, in das du mich gebracht hast, du bringst mich immer nur in diese kleinen Hotels, nicht in die ganz grossen, und nach ein paar

Tagen langweilst du dich, weil niemand da ist – dabei war ich noch vor kurzem alles für dich, alles, du hast gesagt, du bist für mich ALLES, jetzt esse ich, was du mir beigebracht hast, das ganze Fischzeugs, das mich früher so geekelt hat, die komplizierten rosa Stücke in den Schalen, es gefällt mir – in ein paar Tagen dann wieder der Alltag und die Sommeraktion: Wimpern färben, Schneiden, Föhnen zum halben Preis vor den teuren Ferien – ich könnte mit Romy noch einen draufsetzen und Maniküre-Aktion machen, aber die will nie mit den Preisen runter, die verschenkt keinen Cent – dann rufst du wieder Ewigkeiten nicht an, und ich sitze abends bei Romy im Garten, mit den Alten, die dich nicht mögen und doch bei jedem Satz von wichtigen Leuten beifällig lachen, sie mögen dich nicht, aber sie lachen bei allem, was du sagst, mit dem Bruder, der dich bewundert, der deine Autos anstarrt, deine Anzüge, deine Schuhe, du warst gut zu mir, zu uns allen, sogar noch, als ich zu trinken anfing und immer mehr trank, weil ich so hilflos vor den Leuten stand, in den Galerien und in den Clubs, die so gross waren wie Bahnhöfe, weil ich vor diesen Leuten stand wie ein Insekt, das im Lichtschein weghuschen möchte, Leib an Leib mit Fremden, die alles wissen und alles gesehen haben, und ich weiss nichts, ich wusste nie, was sagen, ob man überhaupt etwas sagen soll oder nur lächeln und nicken oder geheimnisvoll schweigen, aber sie merken es – und im Restaurant ihre Hände überall, in den Gängen raunten sie mir Komplimente zu, drückten mich schnell an eine Türe, in ein leeres Zimmer, in den Sälen kannten sie mich dann nicht mehr –

Ich war alles für dich, als ich nichts mehr trinken und nirgendwohin mehr mit dir gehen wollte, und wieder in die Vorstadt zog, zurück in den Block, wo du mich besuchst oder nicht, wo du mich anrufst oder nicht, wo ich auf dich warte – und du sagst es, hast es immer gesagt, ich sei alles für dich, du hast mich behutsam hingelegt wie eine Kostbarkeit, hast mich lange betrachtet, wie eine Kostbarkeit, und hast mich dann belauert, bedrängt, korrigiert, hast mich eingesperrt wie eine gewöhnliche Frau, und dann wieder gesagt, ich sei alles für dich, und bist mit mir in dieses Hotel gefahren, in dieses winzige Hotel, das für dich gar nichts ist und für mich wie ein kleines Schloss, in dem ich nichts zu suchen habe –

Ich möchte gehen, ich möchte weg von euch beiden, ich möchte zurück in meinen Laden, in meine Strassen, ich möchte am Abend auf dem Balkon sitzen, mit Romy und den Alten, und Karten spielen –

Einfach weg. Auf und davon. Muss irgendwann gegen Morgen gewesen sein, als ich endlich schlafen konnte, läppischer Brief. Man wird alt. Man wird verlassen. Egal. Letzter Bissen – na ja, solche gibt's viele – Herzchen als i-Punkte, hört das nie auf?

Ich geh jetzt noch schwimmen, dann packen.

Ich hab sie gekränkt, ich hab ihr den Kopf nach unten gedrückt, die alte Nummer, diesmal war sie böse, egal.

Jetzt sitzt sie im Zug und schaut schon den nächsten schönen Jungen an, mit dem sie es treiben kann, oder ihr tut noch alles weh und sie ruft heulend ihre Mutter an.

Sie blinkt und glimmt und leuchtet, bis einer anbeisst,

vollkommen in Ordnung, richtige Madonna, ein Kniefall nach dem andern, dann irgendwann Aus. Ende.

Die Wellen sind gross, sie lassen eine Röhre frei, durch diese Röhre kommen alle andern ja auch irgendwie, unsereins war nie am Meer früher, das ist es, und jetzt frisst mich die Röhre und dreht mich, oben alles weiss, und ich am Arsch, am Arsch der Welt, ich fass es nicht …

«Lieber Spiderman, dein Vater, das Arschloch, sagt sie, aber er ist nicht alt und blöd, sie ist nur wütend, weil er so lange nicht kommt und weil er nicht anruft, ich nicht, ich bin nicht wütend, die ganze Stadt ist eine Superschlampe, sagt sie, und alle wissen das, nur sie hat es lange nicht gewusst, ich möchte auch verreisen, ich liebe nur noch dich, und sie auch noch, aber nur ganz wenig und weil sie meine Mutter ist.»

Die beiden Hotels haben die Läden geschlossen. Die Wege sind sauber geharkt, die Blumenstöcke mit Stroh eingefasst.

Die Brandung donnert an den leeren Strand.

Ein kalter Wind wirbelt den Sand in Wolken hoch.

Die Sonne hängt gelblich am blassen Himmel –

Eine Frau und ein Mädchen gehen, die Hände ineinandergelegt, barfuss durch die letzten kleinen Gischtfetzen, die Frau hebt die Kleine hoch, setzt sie sich auf die Schultern, läuft zur Mitte des Strands vor die Hotels und deutet auf die Terrasse des einen und einen Balkon des andern Hauses, die Kleine klatscht in die Hände und lacht, die Frau schaut zu ihr hinauf und sagt etwas, der Wind trägt ihre Worte weg, die Kleine legt beide Hände auf ihren Kopf, und die Frau wendet sich zurück zum Strand und läuft durch den Wind und die spritzende Gischt und schaut zu, wie die Wellen jeden Abdruck ihrer Füsse löschen, dann bleibt sie plötzlich stehen –

Dass du nicht ruhst.

Du wickelst meine Haare wie eine Schnur um deine Hand und hältst mir den Kopf im Schraubstock –

Du stehst hier immer noch, am Rand der Welt, schräg gegen den Wind gestemmt, eine Hand auf der Krücke mit dem silbernen Knauf, dein nasser kahler Schädel glänzt und die Sonnenbrille spiegelt mich, und ich gehe durch dich hindurch wie durch einen Schatten, du sagst es ja selbst, ich höre dich sagen, dass du nicht ruhst, ich höre dich lachen und sagen: Geh jetzt durch mich hindurch wie durch einen Schatten –

Frau Doktor Mabuse singt Ihnen jetzt *As time goes by*

– *So müssen wir uns also trennen, weil ich all diese vorstehenden Teile unmöglich bei dir unterbringen kann*, sagt sie und schneuzt sich aus Versehen in die Finger, *bitte*, sagt er und reicht ihr ein frisches Papiernastuch, das sie zerstreut entfaltet und dann behutsam in den Teller legt, wo es sich mit Sauce tränkt und rot verfärbt –

… rotrotrot wie das Blut, das in meinem Kopf pocht und durch die Netzhaut pulsiert …

Für Ulli mach ich immer noch die gleichen – wie sagt man? – Grimassen, ich lache für ihn, damit er glücklich ist – leider holt er mich immer gnadenloser aus dem Fernseher heraus und schleppt mich irgendwohin, wo ich mich endlos ausdehne, weil ich nicht genau weiss, was ein Zimmer so alles bedeutet, wenn es ein anderes Zimmer ist als zu Hause, und so allerhand Unheil, so allerhand Unheil/Unbill, ach, was bedeute ich ihm eigentlich noch, er könnte doch leicht ohne mich leben, ich bin ja gaga – ich bin ja gar nicht mehr so schön …

– *Würdest du mir sagen, wenn ich schlecht rieche*, fragt sie, und er nickt und langt über den Tisch zu ihr und legt seine Hand an ihr Ohr, sie zupft das getränkte Tuch wieder aus dem Teller und reicht es ihm hinüber, er schüttelt verzweifelt den Kopf, *nicht, nein, nicht – das muss wieder auf den Teller,* sie gehorcht sofort und fängt einen Blick des schönen Kellners auf, der sie vom Nebentisch aus überwacht und ruft zu ihm hinüber, *das ist mein Mann, aber wir wollen uns trennen, sehr sonderbar –*

– *Alles so verbummelt hier!* sagt sie dann in die Stille zu Ulli hinüber und schaut sich im hellen hohen Restaurant um, betrachtet eingehend die Decke, die Leuchter, die Palmen.

– *Hör zu,* sagt er, *ich habe nicht gesagt, dass wir uns trennen, ich fahre nur zwei Tage weg, zu Lorenz, ich besuche Lorenz, und die Helen kommt zu dir und bleibt bei dir, bis ich wieder da bin, sie kann auf dem Sofa schlafen oder bei dir im Zimmer –*

– *Wieso fährst du zu Lorenz, das ist mein Sohn!*

– *Eben, und den will ich besuchen.*

– *Nein, der soll zu mir kommen, er braucht seine Mutter.*

– *Doch nicht mehr mit dreissig!*

Der Kellner bringt die Rechnung, sein Haar steht ihm in allen Himmelsrichtungen vom Kopf und seine Augen wandern unruhig, sie hält seinen Arm, *jetzt bin ich achtundfünfzig Jahre alt, was meinen Sie, und ich werde auf Schritt und Tritt überwacht von dieser Helen, mit der dieser Herr hier mal was hatte!*

Dann streicht sie sich mit einem Ausdruck vollkommenster Entrücktheit durch die Haare, und der Kellner öffnet lange den Mund, bevor er etwas sagt:

– *Ich sehe Sie beinahe jede Woche hier, und ich kenne kein zärtlicheres Paar als Sie beide, das einzige Paar, das noch spricht miteinander, das sich noch anfasst, schauen Sie sich doch die anderen an …* dann reisst er ihr schnell den Teller weg, weil sie mit dem Finger den Rand nach tastbarer Sauce absucht, ein sehr seltsamer Kellner, eigentlich gar kein Kellner, ein Freund, ein früherer Freund, der sich nach vorne lehnt, wenn er mit ihnen spricht und dabei überall hinschaut, alles überblickt –

… er denkt nicht an uns, wenn er von uns redet, er denkt an die Teller – und Ulli überlegt sich jetzt schon unseren Abgang, Jacke fassen, Tasche abstellen, Tasche wieder nehmen, all diese komplizierten Vorgänge – und das ganze Tralala, damit er schnell verreisen kann, ich hätte ihn vielleicht nie Ulli nennen sollen, in seiner Brieftasche liege ich als schöne Frau jederzeit bereit, da hat er also immer diese Brieftasche aufgemacht, um die Mädchen zu bezahlen, und da lag ich frisch aufgemacht, und er hat wahrscheinlich gelacht und die Schultern gezuckt, und die Mädchen haben gefragt: Ist das deine Frau, und er hat gesagt: Ja, das ist meine Frau – aber vorher hat er sie –

Ein samtiger warmer Sommerabend vor der hohen Tür des Restaurants, der See leuchtet hinter den Platanen, die Strassen sind voller Menschen, die sich an der sommerlichen Wärme freuen, am Wind, der leise geht, im Sommer gehören die Strassen allen, und die Leute laufen durch ihr Zuhause … aber im Winter, wenn es kalt ist und grau, weiss man nicht so recht, wem die Strassen gehören, vielleicht einem, der weggegangen ist und sie nur zum Schein den andern überlassen hat und plötzlich hinter einem Zaun, einer Tafel oder einem Häusereck vorspringt und alle wegjagt, weil es ja seine Strassen sind, im Winter ist man sich nicht sicher, wem die Strassen dieser Stadt gehören, und nur den Einsamen ist das egal, wenn sie, ihre

Hände tief in den Taschen vergraben, eilig vorübergehen, an ihrem Leben vorüberlaufen, in ihr Leben gar nicht mehr einsteigen, weil sie es nicht aushalten, so einsam zu bleiben.

Er legt ihr den Arm um die Schultern und presst sie fest an sich, er wischt ihr eine Haarsträhne aus dem Gesicht, und sie laufen fröhlich, mit wiegenden Schritten los, er riecht ihr Parfum und wundert sich, sie hat das Parfum gewechselt, sie sucht etwas und schaut an den Häusern hoch wie eine Touristin. Dann biegt sie plötzlich ab und geht zum gläsernen Eingang des Hotels Europe, wo sie sich vor Jahren heimlich trafen, ich muss immer so lachen, wenn ich hier vorbeikomme, will er sagen, aber sie ist schon durch die Türe und steht vor dem jungen Concierge, und er hört sie sagen, sie wisse nun aber nicht mehr, welches Zimmer, und der junge Concierge nickt ernst und unterdrückt ein Lächeln und starrt ihm entgegen, starrt ihn an –

– Wir wollten nur so ein bisschen ehebrechern, wissen Sie, ich hatte ja kaum Zeit damals, die Klinik wurde ausgebaut, und ich habe gearbeitet wie verrückt, und er war auch immer unterwegs, viel im Ausland unterwegs, na ja –

Der Concierge nickt, auf seiner Kinderstirn stehen Schweisstropfen, *möchten Sie das Zimmer sehen? Ich verstehe nicht ganz? Möchten Sie das Zimmer jetzt sehen? Welches Zimmer war es denn?*

– Dann haben wir so einen Radau gemacht, dass der Concierge geschimpft hat, einen unglaublichen Lärm – und Ulli wollte ja auch immer was essen, der wollte essen, aber ich nicht, ich fand das Zeitverschwendung –

– Möchten Sie das Zimmer sehen oder möchten Sie es haben, ich verstehe nicht ganz –

– Ja, ich verstehe es auch nicht, Ulli kann sich nie entscheiden, er brütet und brütet und kommt zu keinem Ende, wissen Sie, so ist er …

Er fasst sie am Arm und versucht sie sanft aus dem Hotel zu drängen, aber sie wehrt sich, ebenso sanft, und bleibt stehen, schaut sich um, lächelt ihn an und legt ihren Kopf an seine Schulter.

Sie laufen so dicht aneinandergeschmiegt, dass jede Bewegung ihrer Hüften auf ihn übergeht, und so laufen sie am Ende in einem etwas erzwungenen Gleichschritt, sie muss grosse Schritte machen, und er muss seine ein wenig verkürzen, sie laufen, als seien sie aneinandergewachsen, sie schaut auf den Boden –

… linker Fuss, rechter Fuss, linker Fuss, rechter Fuss, das geht ja prima, wir schaukeln, wir schaukeln auf etwas zu, wie vor Jahren –

Beide aus ihrer Arbeit weggelaufen, auf dieses Zimmer zu, er aus seinem grauen Anwaltszimmerchen und sie aus ihrem winzigen, mit Papieren verstellten Büro hinter dem Behandlungszimmer, den weissen Mantel über den Stuhl geworfen, *bin kurz ausser Haus, Doktor Mahmut soll die Patienten übernehmen, es sind nur zwei … bin gleich wieder zurück …* aus der Klinik heraus, in der glühenden Hitze oder in eisiger Kälte, durch den gröbsten Regen immer zu Fuss, beschwingt, bis sie hier in diesem Hotel voreinanderstanden und beide so taten, als seien sie überrascht, wie sie die Überraschten spielten, wie sie einander umkreisten, wie sie versuchten, möglichst wenig zu reden, nicht zu reden, aus dem Reden zu kommen, wie sie grinsten, wie sie jede Bewegung des andern überwachten – von zu Hause mitgebracht? Von ihr gelernt? Immer so? – Macht man das so, machen die andern das so, das Glas abstellen und sich den Mund abwischen? Vorhänge ziehen oder einen Lichtspalt lassen, eigentlich alles egal –

Vor ihnen kreuzt ein junges Paar, auch eng umschlungen, der Junge findet die richtige Stelle nicht, um seine Hand abzulegen, er tastet sich unruhig von Ort zu Ort, vom Oberarm zur Hüfte, ein wenig höher, dann zu tief, bis an den Po, gleich wieder weg, auf die Schulter, immer wieder fliegt die Hand weg und er legt sie woanders nieder, bis das Mädchen die Hand packt und sie mit einer trotzigen Bewegung an ihre Taille legt, dort soll sie bleiben und nicht weiter an ihr herumflattern –

– *Ja, diese unruhigen ratlosen Hände, die immer wieder auffahren, auffliegen wie ein Schwarm Vögel, als hätten sie sich verbrannt,* sagt sie, und er nickt, sie laufen in die falsche Richtung, vom Parkhaus weg, sie folgen einem ganzen Pulk junger Leute, die irgendwohin ziehen. Manche sind wohl dabei, die wären lieber alleine, aber sie ziehen mit den andern und hoffen, dass noch etwas Schönes passiert, und das junge Paar vor ihnen fällt immer weiter zurück, gewinnt immer mehr Distanz von den andern, läuft immer gemächlicher, schlendert –

– Vielleicht sind sie nicht gut füreinander und haben es noch nicht gemerkt, was meinst du, fragt sie ihn leise, und er schüttelt den Kopf, *da vorne kehren wir um und gehen zum Parkhaus, ich will jetzt nach Hause, und falsch sind alle und immer füreinander, Cloe und ich waren auch falsch, ich habe dir doch von Cloe erzählt, wir waren wahrscheinlich ganz falsch, aber wir haben uns nicht gewehrt gegen das Falsche, wir haben uns reingesteigert in die Liebe, und dann war es die Liebe, die erste, und ich war so empfindlich wie ein rohes Ei, und sie hat nur darauf gewartet, dass ich sie enttäusche, dass ich sie verrate … und so ging das dann in die Brüche, ich weiss nicht, ob ich den Parkschein finde, wir sollten Helen anrufen –*

– Was kommst du mir jetzt mit dieser Schnepfe?

– Na also, das ist deine beste Freundin, die Helen, jetzt mach mal einen Punkt –

– Sie lauert –

– Wer lauert?

– Helen lauert, sie lauert, bis ich schwach werde … jeden Morgen macht sie ein Theater, wenn ich in die Klinik muss –

– Du arbeitest nicht mehr in der Klinik, du weisst das –

– Sie will mich nicht arbeiten lassen, sie ist neidisch auf meinen Erfolg, morgen wird sie mir wieder eine Szene machen, bis ich zu spät komme. Ich lasse meine Patienten nicht gerne warten –

– Du hast doch keine Patienten mehr, du bist pensioniert, du hast genug gearbeitet, irgendwann muss man das Leben geniessen –

– Jeden Morgen macht sie das gleiche Theater, und pensioniert werde ich erst mit fünfundsechzig –

– Müssen wir das jetzt wieder durchkauen – müssen wir das jeden Abend durchkauen: Du arbeitest nicht mehr in der Klinik,

und so haben wir beide viel mehr Zeit füreinander, unser Junge ist erwachsen, und wir geniessen unsere freie Zeit. Wir fahren mit dem Boot auf dem See rum und du springst ins Wasser, wo und wann es dir passt, wir essen in allen möglichen Restaurants, wir gehen zu jeder Zeit ins Kino, wir bleiben tagelang im Bett und nehmen kein Telefon ab. Es ist viel schöner, wenn ich nach Hause komme und du bist da und ausgeruht und wartest auf mich, und dann machen wir, was uns passt – hörst du – es ist viel schöner so …

Sie laufen durch den hellen Eingang des Parkhauses, er findet den Schein in der Tasche und zahlt am Automaten, dann gehen sie zu ihrem Auto, sie starrt das Auto böse an und bleibt stehen, ihr Gesicht ist nass von Tränen, sie beisst sich auf die Lippen, er fährt ihr durchs struppige Haar, ordnet da und dort eine Strähne, sie grinst ihn durch die Tränen an mit schiefen Lippen und hundetraurigen Augen, er küsst sie sanft auf den Mund, sie wischt sich den Mund ab und küsst ihn zurück, ganz wild und immer wilder, er fällt beinahe um, er hält sie an den Schultern fest, sie schiesst noch einmal vor und beisst ihn schnell in die Oberlippe, er schreit auf –

Sie schaut entsetzt auf das kleine Blutrinnsal, das ihm übers Kinn läuft.

– *Was soll das, bitte setz dich jetzt ins Auto!*

Ulli drückt sich ein Taschentuch auf den Mund und fährt langsam aus dem Parkhaus in den milden Sommerabend, draussen öffnet er das Verdeck. Sie jauchzt auf, streckt die Arme in den Himmel, er fährt sie nach Hause, sie hat den Kopf zurückgelehnt, schaut nach oben und bewegt die Lippen –

… den Kopf in die blauweiss karierten Kissen stecken wie in den Filmen, wo die Mutter dann meistens auch den Kopf in die karierten Kissen – und draussen ist Nacht und Heu und Sommer – dabei war mein Vater ein lustiger Mann, nur sehr versessen darauf, die ganze Welt zu beherrschen, mit Magie und Verstand, mit Geldmagneten hat er alle zu sich kommandiert, er war ein Magnet, ein Magnat, ein machthungriger Kerl, vor dem wir in die Kissen geflohen sind, jeden Abend diese Blamage! Jeden Abend haben meine Mutter und ich uns ganz schön versteckt vor diesem Mann, aber er hat uns immer gefunden, und dann ging das Gelächter los und ist aus dem Haus geschlagen –

wie Flammen ist es aus dem schönen modernen Haus mit den runden Balkonen – mein Gott, wir hatten die schönsten Balkone in Zollikon, hinter Koniferen, Nadelhölzern: Zedern, Kiefern, ja –

das war halt so Mode, diese Nadelhölzer, in den sechziger, siebziger Jahren, da waren sogar die Reichen ganz wild drauf, es machte alles so urig, so urchig – um den Rasen – der war ja nicht urig – der war –

ich habe es mir jetzt in der Berufswelt eingerichtet, und trotzdem rutsche ich immer wieder auf dem eisglatten

Terrain
meiner Erfolge
ins Bodenlose –
rutsche ich ab,

Quatsch, ich habe auf meiner Abteilung für einen reibungslosen Ablauf gesorgt –

Haut- & Geschlechtskrankheiten / Allergologie, mein Thema heute:

Nebeneffekte der topischen Glucocorticoidtherapie / Side effects of topical glucocorticoids / Liebe Kolleginnen, liebe Kollegen –

Ulli hält auf dem Trottoir vor ihrem grossen grauen romantischen Haus, aus dem wilden Vorgarten quillt der Flieder, es ist schon fast dunkel, Helen kommt strahlend die Eingangstreppe runtergehumpelt, sie hat sich schon Sorgen gemacht um die beiden, sie reisst die Türe auf –

– Magda, Liebling, steig aus, du bist wunderschön, was hat denn der Ulli am Mund?

– Ich heisse nicht Magda, du weisst, dass ich nicht so heisse –

– Ich hab dir schon ein Bad einlaufen lassen, und alles ist bereit für den Nightcup, sei so lieb und steig aus –

– Warum humpelst du?

– Magdalein, frag doch nicht eine alte Frau nach ihrer Arthrose!

– Arthrose? Quatsch hast du eine Arthrose, ich schau mir das nachher mal an!

– Ja, aber dazu müsstest du aussteigen …

Wie eine Schwerkranke lässt sie sich durch den duftenden Vorgarten geleiten, ganz zutraulich legt sie die Arme links um Ullis Hals, rechts um Helens Hals und läuft dann aber kerzengerade und sehr behende die Treppe hoch ins Haus.

… und am Nachmittag dann die Sitzung der Spitalkommission stellvertretend leiten, damit hätte sich Papa niemals abgefunden und begnügt, er wollte Weltherrschaft durchgehend, vormittags und nachmittags und selbstverständlich auch abends, mittels Magnetstrahlung hat er alle bezaubert, und sie sind auf allen vieren zu ihm in sein holzgetäfertes Office gekommen, ihre Notenbündel im Maul, und sind zu ihm gekrochen und haben das Geld vor seine Füsse fallen lassen, mit einer tiefen Verbeugung des Kopfes haben sie sich fallen lassen vor seinem Geld – und irgendwann sind alle auf ihn los und haben geschrieben *Ein Dr. Mabuse des «private banking»* oder was, er hat aber noch lange weiter amerikanisch breit gelacht, in alle Kameras immer nur gelacht –

Jetzt bohrt und windet sich mein Ulli in die Helen hinein, mich legt man ins Bad und die jauchzen da draussen –

– Ulli, lass das!

Er kommt mit einem Glas Rotwein zu ihr ins Bad, stellt ihr das Glas hin.

– Was soll ich lassen, Magda, bitte, halte die Haare nicht ins Wasser, nicht untertauchen, Magda, es hat Öl im Wasser, ich sehe es doch –

Sie taucht und blubbert, Ulli dreht sich seufzend zu Helen, die sich das Lachen verbeisst.

– Lass sie, ich dusche das wieder raus, sie macht das immer so, sie will, dass wir uns mit ihr beschäftigen, weisst du, so ist sie –

– Mein Gott, wenn ich denke –

– Du weisst ja, wer schuld ist, also beklag dich nicht, das ertrage ich gar nicht gut.

– Helen, hör doch auf, es war ein Unfall, es hatte geschneit –

– Ich habe es nicht vergessen, niemand hat es vergessen, dieser Unfall war kein Zufall – du warst in Eile und warum warst du in Eile –

Magda taucht prustend auf wie eine wasserspeiende Mumie, die Arme gerade von sich weggestreckt, die Augen geschlossen.

Sie hat den Unfall schon lange vergessen, sie erinnert sich nicht mehr an jene nächtliche Fahrt durch die verschneite Stadt, nicht an die rasende Angst vor dem schwarzen Pfeiler, der aus dem Boden schoss, alle Bilder sind gelöscht durch die Wucht, mit der sie aus dem Sitz gehoben und durch die Scheibe geschleudert wurde. Irgendwann hat man ihr von dem Unfall erzählt, nachdem sie aus dem Koma erwachte und still ihre Blicke wandern liess und lange nicht sprach.

Seitdem schneidet sie manchmal ganze Vormittage lang Berichte von Unfällen aus der Zeitung aus, ganz sorgfältig, mit der Zunge zwischen den Lippen, und legt sie dann gefächert wie ein Kartenspiel auf den gläsernen Wohnzimmertisch … dann kommt Ulli nach Hause und betrachtet die kleine Sammlung nachdenklich, während sie ihn erwartungsvoll anlächelt, immer noch mit der Zunge zwischen den Zähnen, und dann sagt er manchmal:

– Findest du das schön – diese Bilder?

– Ich nicht, aber du, du magst doch Unfälle –

– Nein, ich mag Unfälle überhaupt nicht.

– Meinst du, ich soll die Bilder wieder abräumen?

– Wenn es dir nichts ausmacht – oder weisst du was: Ich nehme sie selber mit und schmeiss sie weg, ich hole mir einen Kaffee, willst du auch einen?

– Früher hat dir so was aber gefallen, das musst du zugeben!

– Unsinn – mir gefallen nur schöne Sachen, keine Unfälle, schöne Sachen … wie beispielsweise – ein süsser starker Espresso – willst du?

– Ja, bring mir einen, ich suche dir das nächste Mal bessere Bilder, die waren gar nicht gut, gar nicht gut, gar keine richtigen Unfälle, nur so Knautschzonen …

Jetzt steht sie mit einem mächtigen Schwung auf und heftet ihren Blick auf den Spiegel, das Wasser läuft in Strömen an ihr hinunter, an ihrem glänzenden mageren Körper, der von eleganten feinen Linien durchzogen ist, kreuz und quer, Linien für die eine Niere, die sie aus ihr herausoperieren mussten, für die Milz, andere am rechten Bein für die gebrochenen Knochen, eine am Brustbein, die sie sich nicht erklären kann, weil sie vergessen hat, was da war –

Da war das Herz, da war die Lunge –

Ist noch was übrig? Ist noch was übrig von ihr? Ja! Sie! Sie ist übrig, sie ist bei all den Operationen übriggeblieben – man könnte einen Film aus ihr machen, sie fragt Helen, die ihre Haare noch mal waschen will – das wehrt sie ab, sie hat die Haare ja schon in der Badewanne gewaschen und sie kann nichts dafür, wenn Helen das so schnell vergisst, wenn sie so vergesslich ist, sie schaut ihrer Freundin in die schmalen Augen und fragt, *und wann machen die einen Film über mich, schau* – sie zeigt auf ihren Körper und holt tief Luft, *das gäbe doch einen prima Film.* Helen schüttelt den Kopf, sie ärgert sich über die öligen Haare und wirft ein weisses vorgewärmtes Tuch über sie und hilft ihr aus der Wanne, Ulli bringt die Gläser in Sicherheit, er erträgt ihre Narben nur schwer, sie lasten auf ihm, wie der kalte wortlose Hass seines Sohnes auf ihm lastet, der ihm den Unfall nicht verzeihen will – und gegen diese Last hilft nur ein Whisky der Marke Longnuggetsthrowradey, schnell in die brennende Kehle gekippt, dann wieder der sanfte Rotwein, vielleicht eine Zigarre, und wenn man jetzt auf ein Stündchen zu Saskia fahren könnte, nur auf ein Stündchen, dann wäre der Abend –

dann wäre der Abend – noch schöner.

Ihr dickes dunkles, von weissen Strähnen durchsetztes Haar fällt auf den mageren Rücken, sie wirft das Tuch ab und cremt sich ein.

Wenn Ulli im Nebenzimmer ist, kann er nichts mit Helen machen, so soll es sein, man muss sie einfach voneinander fernhalten, die zwei, aber er will ja auch andere, er will immer noch eine Frau zu der, die er schon hat. Eine hat er ihr sogar in die Sprechstunde geschickt, eine junge wunderschöne Frau, mit einem nässenden Ekzem an den Händen, winzige platzende Bläschen, das war schnell therapiert und abgeheilt, und die ist dann zu ihr ins Spital gekommen, an ihrem Bett gestanden und hat schrecklich geweint, geschluchzt und auf die Schläuche gestarrt und bei jedem neuen Schlauch, den sie entdeckte, noch heftiger geschluchzt – es täte ihr so leid, hat sie geweint und ihr die schön verheilten Hände gezeigt, sie habe sie geheilt und sei jetzt selbst so verletzt, so krank – seltsam traurig war diese Patientin, bis sie begriff, dass die ja mit Ulli –

dass der sie zu ihr geschickt hatte – um die Hände zu heilen, die ihn versorgten –

dass er zu ihr hatte fahren wollen –

an jenem frühen Silvestermorgen, zu ihr, bevor sie in den Urlaub nach Belgrad –

Nein, nicht Belgrad – wieso Belgrad –

Jetzt will Helen ihr schon wieder die Haare waschen, entsetzlich, was das Alter aus einem Menschen macht, auch wenn man noch gar nichts sieht, bei Helen könnte man denken, sie sei achtunddreissig, na ja, neununddreissig, aber sie vergisst alles und lügt allen vor, sie habe eine Arthrose, das Volk schreit nach einer Arthrose, wenn ihm etwas weh tut, muss es gleich eine Arthrose sein, auch wenn es eigentlich eine Gicht ist, Gicht will niemand haben, alle wollen Arthrose oder noch lieber Rheumatismus, und dann erklären sie, der Rheumatismus käme vom Zug im Büro, von der Klimaanlage, vom kalten Wetter, vom warmen Wetter – dabei ist es nur der Sommer, der sich ihr quer in die Hüften gelegt hat, und ihr Oski ist einfach nicht mehr frisch genug für diese Hüften, ihr Oski will nur noch essen und von Umbauten träumen und allen Leuten seine Garage zeigen, aus der er ein Swimmingpool gemacht hat –

– *Was macht eigentlich Oskar?* fragt sie mit der sanftesten Stimme, die sie in ihrer Kehle finden kann, sie singt es beinahe –

– *Ach der, der ist glücklich. Räumt jeden Tag das Haus auf und schmeisst alles mögliche weg, es wird immer kahler bei uns, aber ihm gefällt das, er möchte, dass alles kahl ausschaut, und mir ist es recht, wenn ich nur nichts damit zu schaffen habe. Er ist der einzige alte Mann, den ich kenne, der Sachen wegschmeisst und immer gute Laune hat. Dann fährt er mit dem Hund spazieren, er setzt ihn ins Körbchen und radelt los.*

– Und was ist mit dem Swimmingpool?

– Das hat er längst aufgegeben, so ein Blödsinn, die Nachbarn haben es ihm ausgeredet, was wollen wir zwei mit einem Swimmingpool, wir brauchen doch die Garage. Aber alle paar Monate hat er so eine Idee und die muss ihm dann irgend jemand ausreden. Gott sei Dank haben wir so nette Nachbarn, die machen den Wein schon auf, wenn er um die Ecke biegt.

… Helenchen scheint wieder ganz normal, man kann ganz normal mit ihr reden. Jetzt gehen wir auf den Balkon und machen eine Sause, wir trinken ganz schnell, ich muss morgen früh raus, ich lass das Haar im Wind trocknen, wie früher, als wir mit hundert Sachen über die Europabrücke donnerten, viel zu spät, die Sonne stand schon hoch am Himmel, und wir hatten um fünf Uhr starten wollen, wir fuhren ohne Helm und die Haare waren im Nu trocken und flimmerten vor den Augen … es waren nicht hundert Sachen, höchstens achtzig. Ich auf der spuckenden Triumph und Nelson auf der Simson AWO mit Beiwagen – schönes Leben das, wenn die Haare im Wind trocknen, jetzt ist alles so gezähmt …

– Helenchen, ich fress dir aus der Hand –

– Na, soweit kommt's noch, wir haben doch Teller – hast du Hunger?

– Nein, hast du meinen Vater vor oder nach dem Gefängnis gesehen?

– Erst nach seiner Entlassung. Er war bleich und dick. Du warst ganz schockiert, wieviel er zugenommen hat, und hast ihm sofort eine Diät verschrieben, du wolltest ihn wieder hochbringen –

– Ja, ich wollte ihn wieder haben wie früher. Die haben ihn vollgestopft im Gefängnis.

– Das war wohl nicht sein grösstes Problem damals.

– Er hatte gar keine Probleme. Er war wieder frei. Ganz der alte, immer lustig, nur das Haus war weg und das Geld –

– Und deine Mamma – mit seinem Anwalt.

– Ja, und dann hat er diese Herzsache gekriegt und ist immer mit Plastiksäcken voller alter Akten auf alle Redaktionen gelaufen und hat denen alles mögliche erzählt und dazwischen ein Tablettchen eingeworfen … aber er war immer noch lustig!

– Nein, lustig habe ich ihn nicht in Erinnerung – eher wirr, meinst du nicht, dass er ein bisschen wirr war, nach all der Zeit im Gefängnis?

– Nein, er war ganz klar. Sie hätten ihm nur das Office lassen müssen.

– Du meinst, seine Kanzlei?

– Ja. War ein prima Office.

– Na ja, also – ich weiss nicht. Sind ja alte Geschichten.

Sie fährt sich mit gespreizten Fingern durchs Haar und nippt an ihrem Glas.

… wird schöner trocken draussen, war immer schöner draussen, wenn ich ihm ausnahmsweise spätabends noch entgegenlaufen durfte und mich nicht verstecken musste vor ihm, dann bin ich aus dem Haus gesaust und gehüpft über die Steinplatten und mit einem Satz auf dem Vorplatz vor der Garage gelandet, und er tat überrascht und nannte mich irgendwie, wie nannte er mich?, er nannte mich «Frau Doktor» – nein, das kann nicht sein –, dann liefen wir Hand in Hand die Treppe hoch, und er musste über die Platten springen und durfte nicht die Fugen berühren, und das fiel ihm leicht, er war ja so prima durchlüftet vom Office, vom Weltgeschehen in seinem Office, ganz prima –

Schweigend sitzen die beiden Frauen auf dem Balkon und trinken und schauen in die einbrechende Nacht, die wie eine dunkle Flut aus den Büschen steigt und aus dem hohen Gras. Helen bindet ihr das Haar mit einem roten Frotteetuch zu einem Turban, massiert ihr sanft Hals und Nacken und schiebt ihr die Zigaretten hin – sie hören Ulli telefonieren und ein bisschen künstlich lachen –

… um diese Zeit kam Lorenz früher nach Hause, ich seh ihn zur Terrasse raufspähen, meistens viel zu spät, mit seinem Ball unterm Arm, ach, und mit Dreckschlieren an den Kleidern und im Gesicht, und dann hat er sich mit so einem verlegenen Lorenz-Lächeln zwischen uns gedrückt, als fürchte er, uns zu stören – oder weil er so spät war, und dann schlang er das Abendessen hinunter und sagte nichts, gab nur knapp Antwort und lehnte sich plötzlich zurück und schlief so ein, und dann brachten wir ihn ins Bett und standen oft lange an diesem Bett und schauten ihm zu, wie er tief atmete, ganz tief, und fleissig seinen Bubenschlaf schlief – das war schön, dieser Friede im Haus am Abend, wenn Lorenz schlief – und jetzt ist er ein Mann, der manchmal mitten am Tag leise durch die Türe kommt und mich umarmt und mich dann zu lange anschaut, das muss er sich abgewöhnen, diese langen Blicke, und ich traue mich nicht mehr zu fragen, was er macht, weil er es mir schon so oft erklärt hat – dann singen wir, wir singen eines unserer alten Lieder, wir singen *Take me to the water* oder wir singen Mundart*: Es isch ä Mönsch uf Ärde, bi dem wet ich jetzt sii* – er haut auf dem Klavier herum wie früher, und ich singe, und irgendwann singt er auch, erst ganz leise, dann immer kräftiger, und dann rauchen wir, und er schaut mich unentwegt an und plötzlich fingert an seinem Handy rum und muss gehen, und ich denke immer, er will mir was sagen und sagt es nicht, wie früher, aber ich glaube, er wollte gar nie reden, er wollte lieber singen oder mir zuschauen, wie ich mich schminkte am Morgen, ein seltsamer Junge, mein Lorenz – viel sanfter als ich –

Helen legt ihr eine Decke um die Schultern.

– *Denkst du oft an deinen Vater?*

– *Nein fast nie, ich denke an niemanden, ich denke an die Flohstiche, die wir in Griechenland hatten, oder an die Wanzen in dem kleinen Hotel in Triest – Nelson hatte sogar mal Läuse – Filzläuse! Mit so kleinen roten Flecken –*

– Magda, das stimmt doch nicht – aber du willst nicht reden, das ist es, du stapelst alles auf in dir drinnen –

… wie innig und gefühlvoll er war, oder jedenfalls sein wollte, mitten im Jubel und Trubel um die Welt – und Geldherrschaft in seinem Office, das Geld tropfte aus ihm heraus, überall war Geld, das warf er dann am Abend der Mamma vor die Füsse, und die war froh – die ganze Welt strömte durch ihn hindurch, manche sagten, er sei wahnsinnig geworden, nämlich grössenwahnsinnig, noch dazu ein Ausländer aus Deutschland, ein Deutscher, mit diesem Namen, den ich so liebe –

– Ulli, wie möchtest du, dass ich heisse?

– Er ist am Telefon.

– Mit wem?

– Ich glaube, mit Lorenz – magst du noch Wein?

– Nein. Ich will einen starken süssen Espresso, machst du mir einen?

– Klar, gleich.

– Das ist schöner als Unfälle.

– Was sagst du?

– Ich sage, es sei schöner als ein Unfall …

– Magda, ich versteh dich nicht.

– Das kommt daher, dass du dir nicht mal meinen Namen merken kannst.

– Magda, spiel jetzt bitte nicht wieder die Wirre!

… zu seinem kleinen Mädchen sagte er, nimm einen Pinsel und schmück dir eine kleine Ecke aus, ganz für dich und ganz nach deinem Willen, mal dir eine Ecke aus, in der du bleiben kannst …

Dann liegen sie nebeneinander in den frischen kühlen Laken, und er dreht sich zu ihr und grinst mit seiner verschorften Unterlippe, er hat einen schwarzen Fleck auf seiner Unterlippe und fährt mit der Zunge darüber, dann hält er ihr das Glas hin und sie trinkt, dann trinkt er und dann wieder sie, irgendwann gibt er ihr eine Tablette, legt sie ihr auf die Zunge, aber sie spuckt sie in hohem Bogen wieder aus – er seufzt, richtet sich auf und sucht, lehnt sich über sie, greift unters Kissen, tastet das Leintuch ab, sie schlingt die Arme um seinen Hals und zieht ihn zu sich, seine Haut ist ganz glatt und heiss und trocken.

– *Wie ein Stein an der Sonne* –

– *Lass mich aufstehen, ich hole dir noch eine Tablette, die musst du nehmen, das weisst du doch.*

– *Nicht jeden Abend.*

– *Doch, sonst kriegst du wieder die Anfälle.*

– *Ich habe keine Anfälle, nie gehabt!*

Sie lässt die Arme fallen, er steht auf und läuft ins Bad, er knipst eine Tablette aus der Folie und sieht sich im Spiegel und schaut sich gleichmütig an, er hat sich nicht sehr verändert, er ist immer noch der alte, der starke, der Mann, der er war, das ganze Fleisch ist noch da, nur da und dort etwas verschoben, gelockert – dann senkt er den Blick auf die kleine gelbe Tablette und eine brennende Sehnsucht nach der alten Magda packt ihn, nach der Magda von früher, die abends noch tausend Dinge wollte und sagte und trank und tat und keine Ruhe fand, sich auf ihn stürzte und ihn mit erstaunter Begeisterung auspackte wie ein grosses Geschenk … Er sieht sie im Spiegel im Bett sitzen, sieht sie kindlich entschlossen und entrückt vor sich hin starren, auf ihr Knie, das sie mit den Armen umschlingt, ihr schweres Haar hängt wie ein Vorhang vor dem Gesicht. Sie hebt den Blick und schaut ihm gerade ins Gesicht, also geht er bleiern schwer zurück zu ihr, er hat sich doch verändert, er hält es manchmal nicht aus mit ihr und ohne sie –

Seine Hand zittert leise, als er ihr die Tablette hinhält, er starrt voller Entsetzen auf diese Hand, dann sieht er, dass sie weint, ohne das Gesicht zu verziehen, so wie sie es oft tut, mitten am Tag weint sie ein bisschen und erholt sich dann schnell – als liefen ihr die Augen über vor all der Wirrnis, mit der sie kämpfen muss.

– Du zitterst … halte die Hand mal ganz flach … du zitterst immer noch.

– Ja – und du weinst schon wieder –

– Falsch, ganz falsch: Mir ist nur Wasser ins Gesicht gekommen!

– Nimm jetzt die Tablette – Magda, bitte!

– Nimm jetzt die Tablette, L i e b e s – das sagst du sonst immer, «Liebes» – wie du liebes Kind oder du liebes Geschöpf oder du liebes Gerüst, Gerippe, Geraune – oder – egal –

Sie legt sich die Tablette auf die Zunge, rollt die Augen und schluckt.

– Weisst du, warum du so zitterst?

– Nein –

– Soll ich es dir sagen? Ich kann es dir singen –

Sie singt:

You must remember this
A kiss is still a kiss
A sigh is just a sigh
The fundamental things apply

As time goes by, schubidubidudududaaaa … und morgen werde ich mich wieder zu Tode langweilen, weil du bist weg und Helen wird mir den ganzen Vormittag versitzen, sie setzt sich auf meinen Vormittag und bleibt dann auf ihm hocken und drückt ihn nieder mit ihrem Gewicht, und der Vormittag wird ganz mürbe und kaputt von dieser Sitzerei – mein Gott, was war Helen mal ein lustiges Mädchen, und jetzt sitzt sie nur noch auf meinen Vormittagen herum –

– Magda!

– Ja, genau so nennt sie mich dann auch! Ich heisse nicht so, ich habe nie so geheissen –

– Wie heisst du denn?

– Ich heisse Duliebes, Duliebesschubidubidu, ach, morgen heisse ich dann wieder anders, vielleicht verrutscht uns morgen wieder alles, so dass man sich nicht mehr auskennt –

… vielleicht die Naevus-Sprechstunde eröffnen mit einem Lied für jeden, mit einem *As time goes by*? Jeder weiss das, jeder weiss – dass sie nicht mehr zur Arbeit darf, weil sie zu schnell müde wird, weil sie nicht mehr normal ist, Alarm, alle Lichter blinken, wo blinken denn die lieben Lichter? – in der Abteilung für Alarm – aber wenn sie einmal auftaucht im Spital, einfach dort hingeht und durch ihre Abteilung läuft, dann wispern die Leute verlegen einen Gruss und laufen rot an und rennen in ihre Löcher, sie fliehen, hauen ab – erst sagen sie ganz schnell ein *Ohallowiegehts,* auf eine Weise, die keine Antwort erlaubt, und dann rennen sie weg wie auf einen Pfiff hin, rennen alle weg, und verstecken sich, verschanzen sich, und die Patienten in der Warteecke auf den braunen Plastikstühlen schauen über den Rand der Zeitung neugierig zu ihr herüber, einige nicken zögerlich mit dem Kopf und glauben, sie zu kennen, und sie kennen sie ja wirklich, *Frau Dr. Mabuse? – Hallowiegehts*, sie nickt dann auch und grüsst zurück und lässt sich von der Eva Kleefeld wegführen, und die Eva Kleefeld ist gerührt oder mit Wahnsinn geschlagen, sie lächelt so traurig, eine Ophelia der Kontakt-Ekzeme, oder von Doktor Mahmut, der jetzt Leitender geworden ist, ihr Nachfolger, *na*, sagt sie dann, *du bist ein Verräter, aber du führst mich schön am Arm, wie ein König seine Königin, Mahmut, du Hund, du Verräter, du Hunde-König, kein schöner Anblick, wir beide, früher so nah, so eng und jetzt ganz kalt und fremd* – dann nickt er zu jedem ihrer Worte und führt sie durch die langen Gänge, presst die Lippen zusammen und nickt eifrig, *Frau Dr. Mabuse,* sagt sie dann leise, *du bist kein schöner Anblick mehr*, und Mahmut nickt, *die Pfade des Niedergangs sternförmig vor dir ausgebreitet*, und Mahmut nickt, *die verlassenen Abteilungen, all diese verlassenen Abteilungen – von kosmischen Gesängen durchschallt, was meinst du, Mahmut, du Doktor Hund?*

Mahmut zieht sie ganz fest an sich und drückt seinen Kopf an ihren, vor der Türe winkt er einem Taxi, reisst die Türe auf und umarmt sie heftig, setzt sie dann sanft in den Wagen, tut so traurig und weh und winkt noch lange –

– *Woran denkst du?*

– An Mahmut, den Hund –

– Ihr habt euch doch gemocht, du hast immer gesagt, er sei der beste.

– Jetzt ist er Leitender …

– Ja, das hast du immer verlangt, dass man ihn anerkennt, dass er befördert wird. Das war es, was du immer gewollt hast –

– Lösch das Licht! Schau, wie hell es ist, der Mond schaut bei uns vorbei … wie lange noch –

– Was?

– Nichts, tut dir der Arm nicht weh, wenn ich so liege?

– Nein, mir tut gar nichts weh, wenn du so liegst.

Er dreht sich zu ihr und sie zieht ihn zu sich und schaut ihm im matten Dämmerlicht angestrengt ins Gesicht, ein heisser Baum ist ihr ins Bett gefallen, oben das Gesicht, sie grinst und sagt etwas, was er nicht versteht, er legt ihr die Hand auf den Mund, sie gluckst, er fährt mit dem Finger der Kontur ihrer Lippen nach –

… meine Sätze gehen unter im tosenden Beifall, Beischlaf, ich lege mein rechtes gesundes gerades Bein über ihn, er legt mir die Hand auf den Mund, dann wirft sich die schlafende Zeit über uns, über alles, die Nacht schiebt uns sachte ineinander, die helle Nacht, der wir nachgeben, und wieder und wieder und irgendwann, ich darf es gar nicht sagen, ich soll es nicht denken: Irgendwann fällt dann die Erde prasselnd auf uns beide nieder –

Le petit déjeuner africain

Le petit déjeuner africain

1. Der Prinz von Soaba

In einem mächtigen blassrosa Haus bei Grasse sitzt eine alte Frau mit vorgeschobener Unterlippe in der Küche und knackt Seeigel, die weiche Masse legt sie auf ein Beet von Zwiebeln und Petersilie und grobem Salz und beträufelt sie mit Zitrone und erzählt einer sehr jungen Frau, die mit ihren Kettchen klimpert und raucht, von ihrem Leben, von ihrem Mann, der sie nach dem Krieg aus Madagaskar hierhergeholt hat, und unter dem Gejohle der Strasse mit ihr am Arm zu der kleinen weissen Eglise Ste Madeleine gegangen ist, um mit dem Priester die Trauung zu besprechen, und dort fände sie noch heute Ruhe und Trost, in dieser kleinen Kirche erhole sie sich, und das Mädchen starrt auf den alten schwarz-weissen Kachelboden und fragt sich, wie man sich in einer Kirche erholen kann. Sie sitzen am Küchentisch, das Mädchen träumt in den grünen Dunst der Palmen, die das Haus umstehen, und hin und wieder reicht ihr Ma-mi, die nicht so heisst, aber von allen so genannt wird, einen Seeigel zum Ausschlürfen und schaut ihr mit gutmütigem Spott beim Essen zu, dann schweigen sie, und ein matter schwüler Wind streicht durch die offenen Fenster. Mami steht auf und trägt die Platte auf einem Tablett in das Zimmer nebenan, ihre weiche sanfte Stimme mischt sich mit einer andern, schwachen, brüchigen, und dann springt die Türe zum

Entrée hin auf und Ma-mis Tochter Joelle erscheint, mit einem zum Turban geschlungenen Tuch, an dem sie ständig nestelt, brüllt wütend nach ihrer Ma-mi, wo Ma-mi sei, fragt sie das Mädchen und sie warte seit einer Viertelstunde auf Ma-mi, *um fünf Uhr hört meine Mutter auf zu arbeiten, verstehst du, um fünf Uhr und nicht um halb sechs, auch wenn es der Madame hier nicht passt, ich hole sie um fünf!* Noch während sie schimpft, geht sie in den Salon, ruft laut *Jimjim, wo ist mein kleiner Held*? und redet leise und sanft mit Jimjim, stellt ihm lange und komplizierte Fragen, auf die er nur kurz antwortet, nennt ihn wieder und wieder ihren kleinen Helden und verspricht ihm irgend etwas für den nächsten Tag, dann senkt sich ihre Stimme zu einem verschwörerischen Fisteln und Flüstern, und sie küsst ihn zum Abschied, stürmt wieder in die Küche, rempelt dabei an die Tür und nestelt wieder an ihrem Turban herum, spielt mit dem Autoschlüssel und schaut zu dem Mädchen hinüber, das sich eine Zigarette dreht, sie lächeln einander an, bis Joelle fragt, was sie da rauche, am hellichten Tag –

Ma-mi sieht am jüngsten aus, wenn sie am ältesten ist, wenn sich ihre Haut unter einem Lächeln in tiefe Falten legt, *schrei hier nicht rum,* sagt sie und macht sich bereit zum Gehen, zieht die Schürze aus, holt ihre andern Schuhe, ihre Krokotasche, *ich wollte Jimjim noch ein paar Seeigel bringen, er hat das immer so gemocht, dieser Glibberzeugs, Alice füttert ihn, du brauchst hier nicht herumzuschreien …*

Joelle hievt Ma-mi über den viel zu steilen Einstieg in ihren Pick-up, sie schlägt die Türe zu und starrt noch einmal nach oben, zum Haus hin –

Durch dieses Land geht ein Riss, durch alle Länder. Wir sind unheilbar arm und ihr seid unheilbar reich – Wir brauchen alle eine Therapie, eine Revolution …

Das Mädchen winkt Joelle durchs Fenster zu, und Joelle winkt und hebt die Faust, beide lachen, sie sind Feindinnen, aber sie mögen sich, das Mädchen lebt falsch und wohnt in den falschen Häusern, Joelle will sie aus ihrer provenzalischen Ferien-Verträumtheit holen, aus dem *Grand Bleu* reissen, in das andere Frankreich herüberzerren, in das verbitterte Frankreich der *pieds noirs*, das Frankreich der fremden Franzosen, der zugelaufenen Fremden, der engen Wohnungen, der überlaufenden Kanalisation und der muffigen Feuchte in den trüben Wintern, das Frankreich des ewigen Regens, der Wohnmaschinen am Rand der Städte, mit zerschlagenem Glas auf allen Wegen, das Frankreich der Kinder, die schon am ersten Schultag nach hinten gesetzt werden und dort sitzenbleiben …

Jimjim liegt im hohen Salon auf seiner mit Lammfell belegten Liege und starrt aus glänzenden Augen auf die hohe Decke, auf den vielfarbigen Lüster oder an ihm vorbei, seine Lippen bewegen sich, seit einem Jahr zerstört eine Krankheit seine Muskeln, und er wird immer dünner, hängt schief im Rollstuhl oder liegt still auf den vielen bunt überzogenen Liegen, die überall für ihn bereitstehen, im grossen Park, im Haus – jeden Morgen kommt eine Trainerin, eine strenge junge Sportlehrerin, und turnt mit ihm im Pool, und er lässt sich stumm durchs Wasser treiben, legt seinen Kopf an den mächtigen Kragen der Schwimmweste und starrt mit grossen glänzenden Augen in ihr Gesicht, und sie kämpfen sich beide durch ein kompliziertes Programm, aber am Wochenende kommt manchmal Joelle und turnt mit ihm, sie macht, was ihr passt, sie hat sich das Programm erklären lassen und die Stirn gerunzelt und Jimjim zugeblinzelt – sie stemmt ihn so hoch es geht über sich und lässt ihn mit einem Jauchzer ins Wasser fallen, tief eintauchen, und Jimjim verlangt japsend nach mehr – erst eine Pause! Joelle lässt ihn sanft auf dem Rükken durch das blaue Wasser treiben, und Jimjim lächelt verschlagen und selig in den Himmel hinauf und wartet, wartet auf Joelles nächsten Angriff, der jäh und unerwartet kommt, dann liegt er wieder irgendwo mit einem Buch, von dem er aufblickt, auf die ziehenden Wolken schaut, Joelle sagt ihm bei jeder Gelegenheit ins Ohr, er sei ein Held, ein Wasser-Held, er strahlt – oder sie fragt, ob er sie heiraten möchte und lacht schon los, bevor er verlegen in sich hineinlächelt und die Augen schliesst –

– Was denkst du, Jimjim?

– Ich habe geträumt, ich könne wieder gehen.

– Jetzt gerade?

– Nein, heute nacht. Ich konnte gehen und ich konnte senkrecht die Mauern hochlaufen –

Er zeichnet einen kleinen Kreis mit seiner rechten Hand. Die Platte mit den Seeigeln steht neben ihm.

– Magst du die nicht essen?

– Doch, schon. Aber ich kann heute fast nicht schlucken, es ist anstrengend zu schlucken, ich bring nichts wirklich runter, und ich muss mich aufsetzen und nach ein paar Bissen bin ich schon müde –

– Möchtest du nicht ein wenig nach draussen, an den Pool? Soll ich dich rausbringen?

– Nein, ich bin jetzt nicht gerne draussen, seine Augen wandern durch den grossen Salon, *ich bin jetzt lieber drinnen, draussen möchte ich so vieles machen, was ich nicht mehr kann – gehst du jetzt?*

– Ja. Ich komme morgen wieder.

Jimjim lässt seine Augen wieder wandern, dann starrt er zur Türe, dort steht seine schöne Mutter mit nassen Haaren und einem riesigen Badetuch um die Hüften, er streckt die Arme nach ihr aus so gut er kann, und sein Gesicht verzieht sich schmerzhaft. Kaum ist sie bei ihm und verströmt den Geruch nach Sonnencreme und heisser Haut und vergräbt ihren Kopf an seinem Hals, schaut er horchend auf, wie die Blinden es tun, und Tränen laufen über sein Gesicht, seine Stimme wird jammerig und kindlich, nein, er wolle nicht raus, nicht in die Sonne und nicht in den Schatten und nicht in den Pool, sie soll hier im Salon bei ihm bleiben, Alice soll kommen und ihn füttern, Jérome soll kommen –

Das Mädchen läuft mit allen Kettchen klimpernd über den Kies, der in der Sonne süsslich duftet, sie setzt sich benommen auf ihr Velosolex, kippt den Tank und starrt in den Park, auf das Rondell mit den leuchtenden Rosen. Dann fährt sie los, zerstreut und benebelt, und kommt erst an der nächsten Kreuzung zur Besinnung, wo ihr Jérome, der ältere Bruder von Jimjim, aus der Bar des Mariniers etwas zuruft, was sie nicht versteht, sie schüttelt den Kopf, um die Haare aus dem Gesicht zu bekommen, und biegt zur Küstenstrasse ab, die Sonne blitzt durch die mageren Pinien, und sie sagt sich ein Gedicht vor, das stärker ist als der Tod, sie vergisst es im Lauf des Abends, es löst sich im süsslichen Rauch auf, im Pastis, im Geschnatter und Geturtel, in der schäumenden Gischt des nächtlichen Meers und flattert ihr am nächsten Morgen wie ein zerfetzter Wimpel durch den Kopf, während sie sich leise und staunend aus einem fremden Haus schleicht, in dem sie spät noch gestrandet ist.

Sie fährt direkt zu Jimjim nach Grasse und erzählt ihm von ihrem Abend, von der Fahrt auf einem Motorboot, vom nachtkühlen Meer, und die Fetzen des Gedichts stören sie dabei so sehr, dass sie die pathetischen Verse in eine neue Ordnung bringt und ihm davon erzählt, er strahlt, weil sie ein Gedicht für ihn erfunden und es dann aber wieder vergessen hat, einfach vergessen, er keucht vor Lachen, und ruft mit seiner brüchigen Stimme nach seiner Mutter, seiner Schwester Alice und nach Ma-mi, dann pfeift sein Atem vor Anstrengung, und er fällt zurück in die Kissen, schliesst die Augen, dämmert weg.

Wenn er aufwacht, zuckt er zusammen, das erste, woran er sich nach einem Schlaf erinnert, ist sein Leiden. Er will eine neue Geschichte vom Prinzen von Soaba hören, der eine schwere Krankheit hat und, vom feindlichen Sultan verfolgt, in ein schreckliches Spital gesteckt wird, in dem er um seine Freiheit kämpfen muss, gegen eine Horde korrupter Ärzte und Schwestern, die nicht wollen, dass er gesund wird – er siegt von Mal zu Mal mit Hilfe seiner Freunde, die sich nach und nach in das Spital schmuggeln, manche sind schon tot und kämpfen als Gespenster, und der Prinz von Soaba ist er, Jimjim, und er reitet fast jeden Tag mit einem prächtigen Turban und einem riesigen Säbel auf seinem weissen Elefanten durch den staubigen Innenhof des alten Spitals, das er bald verlassen wird –

Später bringt sie ihm einen kleinen Salamander, einen Gecko, der auf das Sofa plumpst und vor Schreck erstarrt – Jimjim umfasst ihn behutsam so, dass das Tier den Kopf zwischen seinen Fingern vorstreckt, dann öffnet er mit einem langen Seufzer die Hände, und der Salamander flieht über die Liege weg an die Wand, nach oben, und sie lachen beide, bis Jimjim sich verschluckt und sie verängstigt anstarrt, und sie ihn aufrichtet und seinen Rücken klopft, seine Arme streckt – mit den letzten Hustern lachen sie schon wieder, beide in Schweiss gebadet, Ma-mi steht unter der Türe und schüttelt den Kopf, droht lachend mit dem Finger und schnieft und rotzt, als habe sie geweint. Ihre Augen stehen weit offen, sie starrt sekundenlang auf Jimjim, dann geht sie mit müden Schritten zurück in die Küche.

Man muss den jungen Menschen Mut machen, den Kranken und den Gesunden, man muss ihnen gut zureden, dass sie ihr Leben nicht verspielen, dass sie ein gutes Leben haben, die Liebe kommt aus uns selbst, die Mutter Gottes wacht über unsere Herzen, wenn wir uns an sie wenden, aber nicht immer, manchmal lassen uns alle im Stich. Auf der Place des Martyrs de la Résistence bin ich mit der kleinen Joelle gesessen und habe den Jungen beim Fussball zugeschaut und ihre Blicke auf mich und auf die Kleine haben mich zerrüttet, verängstigt –

2. Das Poem vom Zweitakter und von der Kleinwelt der Idioten

Das metallische Surren des Velosolex, jetzt ein Gedicht auf die Geräusche dieses Sommers, Ende der sechziger Jahre des Jahrhunderts, das unser Jahrhundert ist, genau an dem Ort, an dem wir uns empfinden, die Tonspur von Ort und Zeit – ich bin eine Tonspur von vielen: Jetzt ein Gedicht über Jimjims magere, braune, nach innen verdrehte Beine, jetzt das Gedicht, das den Tod tötet, der Motor setzt stotternd aus, und sie prallt beinahe in die kleine Steinmauer, jetzt das Gedicht über den Zweitakter, jetzt das Gedicht über das Benzin, wie es uns weiterbringt, wie gut es riecht, das Öl-Benzingemisch, die kleinen Explosionen in lottrigen Zylindern, auf und nieder sausende Ventile – stimmt das überhaupt? – du musst wissen, wie ein Motor funktioniert, sonst kannst du keine Gedichte schreiben, ein Teil des Gehirns ist leider schon wieder ausgefallen, sanft ins Träumen verbogen, wohin geht sie und warum?

Sie nähert sich ihrem Ziel Kenneth Edison in einer Wolke von Benzin und Gras mittels kleiner Explosionen, sie schreibt in Gedanken ein Gedicht während der Fahrt, sie schreibt es vielleicht irgendwann am Abend auf.

Am Abend finde ich dich wieder und du liegst im ölverschmierten Sand neben Fischgerippen und blauen Plastiktüten

und rauchst petrolversetztes Haschisch und vertiefst dich in die Kleinwelt der Idioten –

Ich werde für dich sprechen

Ich nenne Zeit und Ort und fälsche alle Namen

Ich nenne dich, und du bist zu nichts nutze

Kein Führerschein, kein Schulabschluss, keine besonderen Kenntnisse

Nur wirre Träume von einem grossen Poem

Und von der wundersamen Heilung aller Kranken

Weisse Haare von der Sonne und ein Kettchen um den Hals, zwei Kettchen um die Fussgelenke – für jeden gelungenen Finder, der dich aus dem Unrat zwischen Sand und Steinen holt, in dem du träumst

Mal am Strand, mal am Pool, aus allen möglichen Betten immer gleich ins Bad und dort dann in den Spiegeln überall Midi!

Du bleckst die Zähne, du rollst das blitzblanke Auge und taumelst durch eine späte Kindheit in einem mächtigen Sommer –

Eine Idiotin, eine Karambolage! Eine Jugend als Gerinnsel in den Adern der Welt!

In den Gassen um den Hafen der Geruch von Urin und Blitze von Licht und Sonne im schweren Laub der Platanen, und immer wieder die Hoffnung auf ein schnelles Bersten des Planeten oder die wundersame Heilung aller Kranken –

Auf das Poem –

Dann schwimmst du wieder, mein Herz, in anderer Leute Zeit und anderer Leute Geld –

Ein anderes Haus hoch über dem Kap, ein kleines, lottriges, zur Hälfte aus dem Scharnier gekipptes Tor, eine Wildnis hoher, im Wind wippender Gräser mit winzigen weissen Blüten, dazwischen Thymian und winzige Orangenbäume, ein endlos langer rotsandiger Fusspfad, der zum weissen Haus führt, das Gelände steigt sanft an zwischen den Kurven der Strasse, und hinter staubigen Lorbeerstauden und zerzausten Pinien beginnt ein schütterer niedriger Wald, in dem die kleine Strasse verschwindet, auf der andern Seite das ununterbrochene Blau des Himmels und das Nachtblau des Meers …

Sie ist unerschöpflich, sie gibt nicht auf, sie sucht Edison, einmal am Tag geht es zu Edison und seinen selbstgemischten Getränken, zu seinem Kraut und den zu Pulver zerstossenen Tabletten, die er wie Kokain durch ein Röhrchen in die Nase saugt, alles natürlich ein einziges Poem – zu seinen arroganten Freunden, seinen eingebildeten Freundinnen, die in Rudeln ankommen und aufbrechen und sie die «Kleine» nennen, was auf französisch nicht so schlimm tönt wie auf deutsch, und ihr übers Haar fahren, die jeden Drink, den Edison ihr reicht, empört in den Pool kippen und die sie warnen vor Edison, der ein Genie ist, aber ein schlechter Mensch, ein Wahnsinniger, den man besucht, um sich zu amüsieren, und dem man nicht auf den Leim gehen darf, dabei sind sie Freunde, Kenneth Edison und sie, in einer Weise, die die andern nicht verstehen, weil sie sich fürchten, jemandem auf den Leim zu gehen, und weil sie die geheime Schrift nicht kennen, in der sie sich verständigen, ohne zu sprechen, eine Blütenschrift, ein Alkaloid-Idiom aus allerlei Kräutern, die die Synapsen zum Tanzen bringen.

Er erfindet das künstliche Licht für sie, und sie schreibt das Poem, das lange Gedicht, das nie fertig wird …

Rastloses beschleunigtes Zirpen der Grillen, Stimmen aus dem hinteren Teil des wilden, leicht abschüssigen Gartens, auf einer Terrasse im Schatten einer riesigen Palme ein grosser Swimmingpool, an dem sich eine ganze Schar junger Leute niedergelassen hat, umgeben von Flaschen und Gläsern und Kübeln mit Eis, weisse und blaue Fetzen von Plastiktüten beinahe überall, Kippen, einzelne Schuhe, Sandalen, dazwischen gemächlich krabbelnde Käfer und flinke Geckos, das Gewirr der Stimmen mischt sich mit dem Bellen zweier grosser Hunde, die in Zeitlupe rastlos hintereinander herlaufen, sich beschnuppern, sich unter den johlenden Rufen der Jungen besteigen, dann wieder mit einem Knurren auseinanderweichen und irgendwann mit einem kurzen Winseln in den Schatten der Kiefern tauchen und wie tot liegenbleiben, ist der winzig kleine Regenbogen über ihnen echt? Gibt es so kleine Regenbogen? So gross wie eine Hundehütte? Wen fragen?

Platschen des Wassers, wenn einer hineinspringt, die verschwommene Kontur der Taucher, die in einem Zug ans andere Ende schwimmen mit schwebenden Haaren, Algen ähnlich, die verschwommene Kontur so vieler Tage, der schöne kluge Edison liest vor, was er in der Nacht geschrieben hat, er hat geschrieben, wie die Hunde einander besteigen und wie die Freundinnen in seinen Armen jauchzen, wie haushohe rote Traumlilien die Paare erst schaukeln und dann aufreissen und ihnen die Organe mit ihren winzigen Trieben aussaugen, violette Lebern, grüne Mägen, gelbe Gehirne im Gestrüpp von

Edisons Teufelswald, die Freundinnen kreischen und schütteln den Kopf, Edison liest das Gedicht auf französisch mit strengem englischen Akzent, er liest es gleich nochmals in den langsam verebbenden Sturm der Proteste hinein, Edison streicht sich genüsslich eine Strähne aus der Stirn, schüttelt das Papier, lächelt versonnen –

– *Und du – was machst du so? Du schreibst doch auch Gedichte –*

– *Ja, jetzt gerade ein Gedicht über Motoren, über Explosionen, über Velosolex –*

Schallendes Gelächter.

– *Das ist ja noch schlimmer als Edison, der schreibt Gedichte über Hunde, die im Rausch auf Menschenjagd gehen –*

– *Ich habe kein Benzin, hat jemand Benzin für mein Solex?*

– *Liest du es vor, das Solex-Gedicht?*

– *Nein, ich brauche Benzin –*

– *Wie alt bist du eigentlich?*

– *Alt genug für Benzin.*

– *Wohnst du unten in dem Haus am Cap?*

– *Ich brauche Benzin.*

– *Für dein Gedicht?*

– *Für mein Velosolex.*

– *Gut, ich komme mit, ich gebe dir Benzin, das letzte Benzin, das allerletzte Tröpfchen …*

Sie füllen den Tank.

Mit dem aus Protest immer leichenblassen Jérome im Roxy, an der Avenue du Midi, am langen Tisch des alternden Malers, der mit Joelle die Revolution in Südfrankreich vorbereitet, indem er Plakate malt und druckt, so schön, dass jeder vor ihnen stehenbleibt.

Sie setzt sich möglichst ans Ende des Tisches zu einer krebsrot verbrannten Schwedin, die ununterbrochen lacht, und der alte Maler starrt alle Frauen mit einer Mischung aus Gier und Verzweiflung an, ob sie sich einfügen lassen in seine Acrylschmierereien, dann schaut er trübe in die Runde seiner Knaben, die ihn umtosen und ihn schlecht behandeln, über ihn hinwegreden und mit den Fingern von den Platten essen, und sie isst mit Blick zu Jérome, der nicht essen will, genausowenig wie er braun werden will, der nur methodisch trinkt und hustet. Dann geht mit einem Klirren und Schmettern die gläserne Türe auf, die Runde verstummt und schaut verstört auf Joelle, die prächtig geschmückt und in grellfarbene Tücher gehüllt den Tisch abschreitet – eine phantastische Erscheinung wie aus einem Film: Rosa Joelle Luxemburg, Joelle Bakunin und Malcolm-X-Joelle, Franz Joelle Fanon – mit Turban und Ohrgehänge und starrem Blick zu Jérome, und der Maler springt auf, und Jérome leert sein Glas in einem Zug und will gehen, weil sein glühender Protest gegen alles und alle keinen andern Protest neben sich duldet. Er leuchtet weiss und Joelle glimmt in allen Farben, Jérome steht auf wie ein Fanal, und sie folgt ihm ohne Begeisterung, ihr dreht sich alles ein wenig –

Liebes Roxy, adieu, wir müssen gehen, wir müssen die Zeitfäden auseinanderhalten, sonst fällt uns der Abend in den Morgen und der Morgen in den Abend, und alles in Zeitlupe, enorm gute Nacht, liebes Roxy, Jérome und ich müssen jetzt nach Hause, wir müssen durchs grosse schöne schmiedeeiserne Tor und von der Seite auf die Terrasse klettern, die offensteht für die Wellen und für uns – wo Edison im Licht einer Petrollampe sitzt und auf uns wartet …

Joelle verstellt ihnen den Weg, sie glüht:

– *Ich komme und ihr geht – warum?*

– *Wir müssen – wir wollen zu Edison, wir sind schon eine halbe Stunde zu spät.*

– *Was gibt der euch, was macht der mit euch beiden? Ihr schaut aus wie kranke Katzen, Jérome, es hilft nichts, wenn du immer magerer wirst! Und du könntest auch mal etwas anderes machen, als dich mit Edisons Dreck zuzuschütten und dann Gedichte zu schreiben, wann fängt eigentlich bei euch die Schule wieder an –*

Und *Gedichte* spricht sie gedehnt wie eine Obszönität, krachend fällt ihr die Tasche auf den Boden, Joelle will sich bükken, aber sie ist schneller, und sie knallen mit den Köpfen zusammen, ihre grossen Kreolen baumeln wild hin und her, und ihr steigt etwas Saures in den Mund, die Crevetten sind wieder da, guten Abend, liebe Crevetten, ich hätte euch lieber wieder im Magen, Joelle und sie halten einander schwankend und winselnd und kichernd den Kopf –

– *Nienienie – ich werde immer Gedichte schreiben, ich werde nie etwas anderes tun als Gedichte schreiben und Gedichte lesen, nienienie etwas anderes …*

– *Dann hör wenigstens auf mit dem Zeug, du bewegst dich wie eine Idiotin …*

Joelle deutet auf die Tasche und zieht die Brauen hoch, sie

will Krieg, sie will aus irgendeinem Grund einen Krieg mit ihr anfangen, aber Jérome zerrt sie wortlos mit sich, er ist kalkweiss und presst die Lippen aufeinander, die Haare fallen ihm sehr dekorativ ins Gesicht, draussen zieht er mit einem Grinsen, das nahe beim Heulen ist, einen Joint aus der Tasche, und sie nehmen ein paar tiefe Züge, und Abend wird Morgen und Morgen wird Abend, sie setzen sich auf seine dunkelgrüne Vespa und knattern los, die Haare im Wind – Wind als einziges Zeichen der verstreichenden Zeit, das hat sie ganz vergessen: Sie muss ihre Zeitwahrnehmung schulen, sie muss über die Zeit nachdenken, wie die Zeit entsteht in unseren Köpfen, und warum wir schneller altern, wenn wir beschleunigt leben, in einem Buch von Jimjim hat sie die schreckliche Geschichte von dem jungen Mann gelesen, der in ein Raumschiff steigt, und sein bester Freund begleitet ihn bis zur weissen Leiter, die nach oben ins Cockpit führt, und der junge Mann bleibt nur ein halbes Jährchen in seiner Rakete im All und kommt dann zurück und öffnet die Luke und sieht seinen Freund, der ihn abholt – ein alter Mann! Weisshaarig und gebückt! Und er wird einsam sein, weil alle seine Freunde Greise sind, ein Bild zeigt ihn voller Entsetzen durch die Reihe seiner alten Freunde gehen, als junger Mann unter Greisen – *es gibt nur eine Lösung,* hat Jimjim heiser vor Aufregung gesagt, *er muss seine Freunde auf die gleiche Reise schicken, dann gleicht es sich vielleicht wieder aus,* die Zeit in den Gedichten ist eine andere Zeit als die in Joelles Kopf, in Joelle kreist die Zeit in immer engeren Schlingen und dehnt sich dann endlos, Joelles Tage sind lang und hart und voller Wut und

Hass auf die falschen Verhältnisse – in den Gedichten blitzt die Zeit nur auf, wie die Scheinwerfer blitzen, wenn man in eine Kurve fährt, also zwei, vier, acht, zehn, sechzehn, hundertachtundzwanzig konzentrisch verschmelzende Scheinwerferlichter gegen eine Vespa mit zwei Personen, unendlich langsam nähert sich die grün eingezäunte Rabatte, in Zeitlupe schwimmt die rote Erde auf sie zu, bis sie sich schreien hört, dann der dumpfe Aufprall und erst nach dem Geschrei ein böser Schmerz im rechten Arm und an der Hand – ein Moment tiefster Stille, dann Jéromes Stimme, er sagt, es seien Idioten, kriminelle Idioten, Hunde, Schweine, kriminelle Schweine – und sie humpeln auf die immer noch knatternde, auch ein wenig hustende Vespa zu und heben sie behutsam hoch, so wie man einem Kranken hilft, Jérome lächelt, seine Lippen sind schmal wie ein gezeichneter Strich unter der langen Nase, die rechte Hälfte seines Gesichts ist aufgeschürft, in kleinen Rinnsalen tropft das Blut, das er sich im Fahren aus den Augen wischt, und Kenneth Edison will ihn gleich fotografieren, weil er aussehe wie ein Untoter, ein Wesen aus einer andern Welt, wie Lord Byron, der allerdings leider ertrunken ist, damals am Bosporus. Der Name Bosporus. Ein Freiheitskampf. Alle gegen alle, wie bei Joelle. Sie trinken Tee und Rum und rauchen Edisons seltsames, begabtes Kraut, Edison gibt sich kühl und legt Eis auf ihren kaputten Arm, so dass sie nicht träumen kann, weil das Eis sie stört –

Jetzt ein Gedicht über beschleunigte Wesen in einer alten idiotischen Zeit, jetzt ein Gedicht über Tage voller Wut und Hass, jetzt ein Gedicht über Kenneth Edison und wie er sie behutsam nach oben trägt, ihre schnarchende Trunkenheit am Hals, ihr Kopf ein einziger Rundumschlag, jetzt schreiben sie das Gedicht über Kenneth Edison, unten tobt Jéromes blöde Musik, und sie malen sich das Gedicht «Kenneth Edison» mit Zunge, Herz und Händen

zwischen Bett und Schrank und Wänden
auf ihre junge Haut
bis dass der Morgen blaut –

3. Der Kampf gegen die parasitäre Klasse weitet sich aus

– Sag nicht, ihr seid gestern noch mit der Vespa heimgefahren – Jérome schaut schrecklich aus, ich habe ihn heute früh gesehen, als er nach Grasse gefahren ist, die Hälfte vom Gesicht ist eine Schramme – sag nicht, ihr seid noch gefahren, und du warst mit Kenneth Edison, der gefällt dir nur, weil er so was von krank ist, so was von krank – wann fängt eigentlich deine Schule wieder an –

Der ganze Laden hat in seiner weissen hohen Pracht etwas Samtiges, als sei er mit Stoff ausgeschlagen und nicht mit einem stumpfen Weiss bis in die letzte Ritze ausgemalt, die Kleider hängen an Haken, die in die Wand geschlagen sind, oder an Schnüren, die Pullover sind mit arrangierter Lässigkeit über Stuhllehnen gelegt – Joelle verfolgt die Kundinnen mit lodernden Blicken, sie wacht über die absurd teuren Kleider einer parasitären Klasse und bekommt dafür vom sonnengebräunten zynischen Pierre Becker einen absurd hohen Lohn, sie hat einmal versucht, ihm den Begriff Trikont zu erklären, und er hat sich gebogen vor Lachen und ihr einen Kuss auf die Stirn gedrückt, den sie wegwischte wie Dreck – um Punkt zwei Uhr wird geschlossen, abends übernimmt Pierres häufig leise weinende Freundin den Laden, und dann trauen sich die Frauen, die Kleider anzufassen, zu drehen, zu probieren, während sie bei Joelle nur durch den Raum hasten, tuschelnd und mit bösen Blicken auf sie – und dann so schnell wie möglich wieder verschwinden –

Dann rast Joelle in die Stadt, zur Zentrale, zur Vorbereitung der Revolution und in ein schmales, langes Zimmer im Tiefparterre, wo alte Frauen in geblümten Hauskleidern wortlos die Wohnungskündigung über den Tisch schieben und Joelle mit zwei Freunden und drei riesigen elektrischen Olivettischreibmaschinen den Krieg aufnimmt gegen diese Kündigungen sowie gegen das ganze System des Eigentums an Grund und Boden, bis sie um fünf Uhr ihre Mutter abholt und dann gleich weiterfährt zum Haus der Kinder oder in eine Versammlung, während der alte Pierre unten am alten Hafen sitzt und mit der lokalen *jeunesse doré* einen Pastis nach dem andern trinkt und zuschaut, wie auf den Zacken der Alpes Maritimes ein rosa Band die violetten Wolkenschleier durchbricht – er redet über seine ungeschickten Segelschüler, und dass er früher auch Kommunist gewesen sei, aber nicht Trotzkist wie Joelle, *die Trotzkisten sind die geborenen Verlierer,* sagt er und lacht plötzlich los, *die wurden überall zerrieben, am schlimmsten in Spanien,* Alice lächelt ihm müde zu, *aber das interessiert euch nicht, euch interessiert nur das schöne Leben*, Alice starrt ihn entgeistert an und trinkt schweigend, mit gesenktem

Blick, nie wird sie einen Satz zuviel sagen, nie sich erklären, nie sich verteidigen, sie ist mit ihrem kleinen Bruder Jimjim im Haus oder im Park oder am Strand, sie liest und döst und löst mit geschlossenen Augen mathematische Aufgaben aus einem zerfledderten gelben Buch, das ausser ihr niemand versteht, und sie träumt von einem einfachen, klaren Leben irgendwo in der Provinz, am Rand einer kleinen Stadt, mit einem einfachen klaren Beruf und einfachen klaren Kindern, in einem einfachen klaren Haus, mit einem Garten, in dem sie einfache und klare Gemüse anbauen wird, nur ein paar, und ein bisschen Salat, sie möchte aus dem Karussell der Jahreszeiten ausbrechen, aus den Sommern an der Côte und den Wintern im Val d'Artreux und der riesigen Wohnung an der Rue de Rivoli, aus den vielen Wohnsitzen würde sie gerne einen einzigen machen, aus den vielen Zimmern ein einziges, sie will alles klar und einfach, sanft und genügsam, sie versteht auch Joelles Zorn nicht recht, ihre Ausbrüche, das liesse sich doch alles leiser sagen, sie lächelt verlegen vor sich hin, weil Pierre sich auf ihre mit allen Ketten klimpernde und vor sich hin träumende Freundin stürzt und sie mit Fragen bestürmt –

Ihre Mutter sei sehr krank?

Falsch. Stimmt nicht. Sie nimmt nur die falschen Medikamente – sie sagt immer wieder: *Die Unerschöpflichen gehen immer zur falschen Seite,* und das ist wahrscheinlich eine Warnung, schön, wenn jemand sagt, man sei unerschöpflich, auch wenn es dieses Wort ja gar nicht wirklich gibt … Niemand hört zu, sie spricht sehr leise und schnell, und alle lauschen in sich hinein oder starren vor sich hin, *unerschöpflich* ist schwer zu übersetzen, der alte Becker grinst breit und klopft ihr auf die Schulter, sie sei noch so jung, so jung wäre er gerne auch noch einmal und dann –

Dann kommt Joelle, setzt sich für ein Glas zu ihnen und das Karussell des Sommers dreht sich weiter, der Kampftaucher Antonin, der sein Stottern vollkommen im Griff hat, wenn er sehr langsam spricht, versucht Joelle zu einem Essen bei sich einzuladen und vom Tisch wegzulotsen, er führt sie am Arm über die Strasse und redet auf sie ein, sie lacht, neigt sich ihm zu, schaut über seine Schulter zu Jérome, dreht den Kopf, als wolle sie den stolzen Antonin küssen und wiegt sich in den Hüften, aber noch vor dem Tor in die alte Stadt reisst sie sich plötzlich von ihm los und stürmt unter lauten Verwünschungen zwischen den stehenden Autos in die andere Richtung, dreht sich noch einmal um und droht allen mit der Faust –

Am Strand holt Joelle mit spitzen Fingern vier Blätter unter dem Badetuch vor, liest darin, versteht nichts und haut ihr das Papier um die Ohren, alle lachen, nur Alice schüttelt verärgert den Kopf, Jérome hat Jimjim neben sich auf einem Liegestuhl und Jimjim kann nicht mehr lachen, ohne sich zu verschlucken, und ringt nach Luft, aber seine Augen glitzern vor Übermut, spätnachts sitzen Kenneth und sie in Joelles winziger Wohnung und essen an ihrem Camping-Küchentisch, den man nicht loben darf, eingelegte Sardellen und Oliven, und Kenneth will, dass Joelle mit ihrer Feindseligkeit gegenüber Gedichten aufhört, mit ihrer Feindschaft gegen die

Kunst, und weil er fast nüchtern ist, redet er viel und behauptet am Ende, die Poesie sei seit je die stärkste Waffe der Revolution, und er schaut sie an, und sie dreht an ihren Kettchen und schüttelt den Kopf, sie will ja nicht, dass man sie liebt, man soll erschauern unter ihren Worten, wenn sie dereinst als Poem wie ein Blitz und ein Zauber in die stillen Leser krachen, nichts an ihr soll man loben, schon gar nicht das Poem, das gegen jede Zuwendung gerichtet ist, sowie gegen den Tod – soll er doch allein den Majakowski spielen, und Joelle tobt über dem Abwasch, weil sie sich von Kenneth Edison und andern Klassenfeinden nicht die Revolution vorschreiben lässt –

Sie träumt sich durch die zerdehnte Zeit und fasst zusammen, was sie sieht und hört, zählt alles auf, dass Joelles Wohnung ein langer schmaler Schlauch ist und keine Türen hat, nur farbige Vorhänge aus winzigen bunten Perlen, die bei jedem Luftzug leise klirrend aneinanderschlagen, ähnlich wie ihre kleinen Ketten, dass sie karg ist, so karg wie es Alice gefiele, und dass man durch den letzten Vorhang, der ins hinterste Zimmer führt, den Mond über den Dächern der alten Stadt sieht und ganz hinten den Dunst des Meers, ein Schwarz, das ins Blaue spielt, darauf der blinkende glitzernde Widerschein der Lichter – und Kenneth springt wütend auf und packt sie am Arm, weil er gehen will, und er will sie mitnehmen, so wie Jérome sie vor einer Woche mitgenommen hat, so wie man eine Tüte mitnimmt oder ein kleines Paket, wenn man wütend aus einer Wohnung laufen will, aber sie reisst sich los, weil ihr diese Ähnlichkeit nicht gefällt, weil die

Ähnlichkeit sie bestürzt, sie setzt sich wieder, und Kenneth jammert auf englisch, sie solle sich entscheiden, sie sitze immer nur da und träume, sagt er irgendwann, und Joelle nickt und lacht sie an, aber zur Feindschaft würde sie gerne etwas sagen, die Feindschaft wohnt in den Köpfen, die Verdammnis, das Urteil – und sie wird noch heute ein Gedicht darüber schreiben, dass das Leben der Menschen in zwei Teile zerfällt, in einen schönen, der aus dem Körper kommt, und einen bösen, der in den Ideen und in den Meinungen lebt, in der sogenannten Geisteswelt, die eine feindliche und systematische ist und gegen die niemand ankommt – physisch sind alle Menschen befreundet, aber *in den Köpfen spukt die Verdammnis*, lallt sie Joelle zu, die sie nicht richtig versteht und sich an die Stirn tippt, wahrscheinlich, weil ihre Stimme so von weit her tönt, so leise, es rückt sowieso alles sehr energisch von ihr ab, ja, alte Feinde fallen einander in die Arme, alte Feinde bleiben einander treu – darüber wird sie heute noch schreiben!

– *Warum lässt du sie nicht bleiben, Kenneth?*
– *Weil sie jetzt vor sich hin spinnt und gar nicht mehr da ist.*
– *Und wer gibt ihr den Dreck?*
– *Hör doch auf – sie muss nach Hause.*
– *Du willst sie nur abschleppen.*
– *Du auch –*

Schönste Auffahrt in den Himmel, Eigenartiges geschieht, und es hebt sie sanft und immer schneller aus dem sich verengenden Zimmer, in dem die Wände immer näher rücken, in den Strahlenglanz der Sonne, in einem Luftkanal sausen sie nach oben, vom warmen Luftstrom getragen, von einem berühmten Atem – dann fällt die Luft in plumpen Wellen über sie her und verteilt sie im Raum, und Kenneth fällt, fliegt seitwärts weg, war gerade noch so nahe, direkt vor ihrem Gesicht, wie schade, er plumpst aus dem Blickfeld heraus, von einer ungeheuren Kraft beschleunigt jagt er wenig später an ihr vorbei, schräg ins dunkle All, in die falsche Richtung, ins Dunkel, nicht singen jetzt, nicht dichten, wenn er zurückkommt, wird sie eine Greisin sein mit weissem langen Haar und dürr, und sie wird mit einem riesigen Rosenstrauss auf dem Rollfeld auf ihn warten, und er wird die Leiter heruntersteigen, sich die Hose ausklopfen und dann mit seinen übertrieben langen Schritten achtlos an ihr vorübergehen und sie nicht erkennen, so wie er sie jetzt anschaut, erkennt er sie gar nicht mehr, er sagt, *wir haben sie vertrieben, wir haben sie aus ihrer eigenen Wohnung vertrieben, so ein Mist,* und fuchtelt mit einem Zettel vor ihrer Nase herum, sie schält sich aus einem fremden Bett und schaut über regennasse Dächer in einen grauen Himmel, der Perlvorhang klirrt leise, Kenneth legt sich auf sie und fängt an zu erzählen, aber sie weiss noch, was ihr durch den Kopf ging vor dieser Nacht, sie hat sich vorgestellt, sie seien in Joelles Wohnung.

Sie sind in Joelles Wohnung.

4. Der Prinz von Soaba muss gehen

Ein früher Herbsttag, der Wind jagt die Wellen bis zur Terrasse hinauf, Alice sitzt hinter der grossen Scheibe und starrt auf die spritzende Gischt, dann dreht sie sich um und sammelt alle ihre Blätter ein, sie müssen zu Jimjim, der sich auf eine Geschichte freut und ihr fällt nichts ein, was ihn erheitern könnte. Der alte Plot vom kranken Prinzen von Soaba zieht nicht mehr, Jimjim will keine Spitalgeschichten mehr hören, vom Prinzen will er auch nichts mehr hören, es macht ihn traurig, auch die weissen Elefanten machen ihn traurig und alles – und sie muss zu einem schnellen Ende kommen oder woanders neu beginnen, wo soll sie beginnen?

Alice schüttelt den Kopf über den vielen Blättern und schiebt sie sanft zum Haus hinaus, in Joelles Pick-up, der mit laufendem Motor auf der Strasse steht, sie hat jetzt noch eine halbe Stunde Zeit für eine heilende Fortsetzung der Geschichte, Joelle dreht sich zu ihr und wischt ihr den Schweiss von der Stirn und küsst sie ganz sanft, sie wirft Alice einen Blick zu, den sie nicht versteht in ihrer Erzählerpanik.

Ma-mi spricht kaum mehr, sie zieht sich immer mehr in sich selbst zurück, sie spart sich alle Worte für Jimjim auf.

An Jimjims Krankenbett fällt ihr eine Schulgeschichte ein, der erste Tag, der erste Schultag, so wie sie ihn noch in Erinnerung hat, uralte zehnjährige Erinnerung, und sie erzählt ihm von dem gehobenen Gefühl, mit dem sie das alte Schulhaus betrat, weil sie es prächtig fand, vom fremden Geruch des Zimmers mit dem wunderschönen grünen Linoleumboden und der prachtvollen verschiebbaren, riesigen schwarzen Wandtafel, von der strengen alten Lehrerin, die einen müden amüsierten Blick auf sie warf und höchst komplizierte Anweisungen gab, die sie als einzige nicht behalten konnte, weil sie sie gar nicht verstand, von dem Blick aus dem Fenster auf die schweren Äste einer alten Tanne, auf der die Eichhörnchen tanzten, vom unterdrückten Aufstöhnen aller, als sie gleich zu Anfang der Stunde dreimal den Sitzplatz wechselte, weil sie sich nirgends so recht wohl fühlte, und von der kleinen Strafe, die sie dafür bekam und die sie auch irgendwie begeisterte, weil sie malen durfte, eine Frühlingswiese! – Jimjim keucht und biegt sich vor Lachen, er will jetzt nur noch Schulgeschichten, wahre Geschichten von Kindern, die in eine Schule gehen, geheime Absprachen auf dem Pausenplatz, Überfälle auf dem Schulweg, Prügeleien am späten Nachmittag hinter der Turnhalle, jagende Fluchten durch die Gemüsekulturen der Nachbarin, Ausflüge aufs Dach und in den Keller, Strafnachmittage beim Hauswart mit Kaffee und Marmorkuchen – Jimjim richtet sich ein wenig auf, *ich glaube, du warst ein bisschen dumm*, sagt er leise und schaut sie freundlich an, dann fällt er zurück ins Kissen und sein Blick schwimmt wieder nach oben zu den Stukkaturen der hohen Decke.

Mit Jérome ganze Tage auf der winzigen Insel in der Bucht, sie drücken sich in eine kleine Höhlung, über die der Wind hinweggeht, und erzählen sich ihre grossartige Zukunft, sie wird dichten und er wird einen Film nach dem andern drehen, er wird ein Star, ein berühmter Regisseur und Hauptdarsteller, und er wird für Jimjim eine Leinwand kaufen und ein Projektionsgerät, damit er seinen berühmten Bruder Jérome sehen kann, er wird überhaupt alles für Jimjim kaufen, was der nur will, irgendwann eine riesige Yacht aus dunklem Holz, mit einem Zelt auf Deck und einer Hängematte, nur für Jimjim, und einem riesigen Vorrat an Sauerstoffflaschen, wie sie neuerdings zu Dutzenden im Salon und im Entrée herumstehen …

Dann schwimmen sie vollkommen erschöpft von ihrer imaginierten und strapaziösen Zukunft zurück an den Strand, wo sie einschlafen, bis die Kälte sie weckt, und fahren um Mitternacht zu Freunden von Kenneth, die einen beheizten Pool haben, in dem sesselartige Plastikinseln schwimmen, in denen man trinken und träumen kann, am nächsten Morgen unter dunklen schweren Regenwolken die Palmenstrasse entlang zurück zu Joelle, die sie zum Frühstück eingeladen hat, zu einem Frühstück, wie sie es noch gar nie gegessen haben, zu einem afrikanischen Frühstück, wie Joelle grinsend betont: Huhn mit Knoblauch, Zitrone und Chili und Reis. Jérome und Joelle streiten leise zwischen den Bissen, sie versteht ihren Streit nicht, kramt nach ihrem Notitzbuch und legt es auf den Tisch, Joelle packt das schmale Heft und schmeisst es in den Ausguss, dort schwimmt es zwischen allerlei kleinen Speiseresten, Jérome schreit Joelle an, die mutig zu ihm aufschaut, ungerührt, und ungerührt auf das nasse Heft, das gleich wieder auf dem Tisch liegt, sie hustet und wirft sich rücklings an die Wand, dann raucht sie ausnahmsweise einen

Joint mit, einen Friedensjoint, und fährt ihr übers Haar und entschuldigt sich für das Heft, und fragt gleich wieder, wann bei ihnen denn die Schule anfange, im September, im Oktober, und was sie eigentlich studieren wolle –

Eine Woche später sitzen alle in dicken Jacken bei Kenneth um den eiskalten Pool, nur Joelle und sie rauchen im hohen Gras, und sie übersetzt mühsam, Wort für Wort, eines ihrer Gedichte, während Joelle die Stirn runzelt, den Joint angeekelt von sich weghält und nickt, immer wieder nickt, und am Ende so etwas wie *gut, ja, ich verstehe, ich glaube, ich verstehe* sagt – dann steht sie schwankend auf und streckt ihr die Autoschlüssel hin, sie soll sie nach Hause fahren, jetzt gleich, sie sei todmüde, sie war wieder mit ihrem alten Maler unterwegs und fürchtet sich vor dem Aufstehen am nächsten Morgen –

Kenneth und Jérome rennen ihnen einträchtig die kleine Strasse hinterher, sie winken und rufen: *Führerschein, Führerschein, Fahr-er-laub-nis,* die beiden winken zurück und sausen zu Tal, an dürren schütteren Strauchwäldern vorbei in die einbrechende Nacht.

Jimjims schöne Mutter hat lange nicht aufgegeben, sie hat alle Kliniken und alle Ärzte und alle Therapien versucht und alle Spezialisten befragt – und erzählt manchmal mit ihrem rasend schnellen Zungenschlag von all den Fahrten und Flügen und telefonischen Konsultationen – aber niemand kann erklären, wieso der Verfall seiner Muskeln so rasend schnell vorangeht, die grossen Geschwister, Jérome und Alice, haben helle Tage und ein sorgloses Lebens hinter sich, ausser wenn der Vater da ist mit seinem Spott, seinen wandernden Blicken – und sie starren fassungslos auf die Verwandlung ihres Bruders, auf seinen Verfall, und später noch ungläubiger auf den leisen Verfall ihrer Mutter, die trotz ihrer Verzweiflung immer noch strahlt und lächelt und liebt und festhält an ihrer Hoffnung, an ihrem kranken Sohn, solange er lebt und im Schatten der Sauerstofftanks atmet und spricht und ihr mit den Augen folgt –

Sie lacht immer laut, mit einem kurzen Schnarchgeräusch am Ende, und sie trampelt wie ein ganz junger Mensch mit ihren farbigen Sandalen über die Steinböden, ein riesiges Badetuch um die Hüften geschlungen, das nasse Haar nach hinten gestrichen, sie kauft begeistert alles mögliche ein und breitet es in der Küche aus, bunte Decken für die Liegen, Tücher für sich und Alice und Ma-mi, buntes Geschirr, Bücher, Platten, und erzählt zu allem eine kleine Geschichte, wie sie es gefunden hat, wie es gemacht wird, wen es freuen könnte – sie redet viel und schnell und rollt das R, spricht am Strand Wildfremde an und plaudert über Stunden, sie lädt alle Freunde ihrer Kinder zu sich ein, bringt ihnen kleine *tartes* und Säfte und erzählt in der Glut der Sommernachmittage Spukgeschichten aus dem alten Russland, wo ihr Vater herkommt, aber nach Jimjims Tod verlöscht ihr Glanz und ihre Freude und sie absolviert eisern und starr ein Leben, das sie früher geliebt hat –

Sie hält noch viele Jahre nach Jimjims Tod am geordneten Wechsel der Wohnungen und Häuser fest, eisern die Saison dort und die nächste da – in einer Starrheit, die an Wahnsinn grenzt. (*Kann sie denn nicht aufhören damit, sieht sie es nicht … sie quält die beiden Grossen … die sind schon verzweifelt genug …*)

Nach Jimjims Tod wird sie mit einem zum Lächeln verzerrten Gesicht durch ihr Leben schweben, kein Stakkato ihrer Absätze mehr, Stille – und sie wird den Gespenstern immer ähnlicher, die sie früher, mit langen Pausen zwischen den Sätzen – als müsste sie sich etwas in Erinnerung rufen –, beschrieben hat, und unter der Übermacht ihrer Qualen wird ihr schönes, breites offenes Gesicht über viele Jahre unverändert jung und glatt bleiben, nur in den Augen wird man lesen, dass es weitertobt in ihr, und keine Ruhe gibt, niemals.

Ma-mi wird das Haus auch im Herbst hüten, wenn Jérome und Alice längst wieder in Paris sind, sie kocht zu jeder Zeit kleine Gerichte für den Sterbenden, den sie erst in eine Klinik bringen und dann wieder nach Hause, wo er unter einer Atemmaske ruhelos und von Krämpfen geschüttelt den Weg nach draussen sucht, wie Ma-mi später erzählen wird, den Blick auf seine Mutter gerichtet, die in seinem Gesicht unter der Maske nach etwas sucht, nach einer Erleichterung, einem Hinweis auf ein Ende seiner Qualen, so lange, bis sie an einem späten Novembernachmittag in einem geheimen Einverständnis mit ihm lächelt, als habe sie verstanden, und er seine Hand ganz sachte aus ihrer zieht und ein kurzer Schauer durch seinen Körper geht –

Von da an wirkt das alte schöne Haus in Grasse wie versiegelt, der prächtige Garten mit den hohen Palmen und Zedern wie verschleiert, auch wenn immer wieder jemand darin wohnt, auch wenn Jérome dort irgendwann einer Freundin von jenem letzten Sommer mit Jimjim erzählt, von ihr und den andern erzählt, von ihrer frühen Zeit, den Fahrten, den Nächten bei Kenneth, am Hafen, im Roxy, dem ewigen Streit mit Joelle …

Es gibt dieses Poem nicht, das alle Feinde versöhnt und alle Kranken heilt.

Aber es gibt noch den Sand
mit Spuren von Öl
es gibt die Zeit, die alles tötet
es gibt die Schule, die Arbeit, die Kinder
und das verlassene Poem
über ein ganzes Leben verstreut
alle Wörter verstreut
in ihrer klassenbedingten Vereinzelung
so uralt wie wir jetzt
mit unsern Blumen
am Rande des Rollfelds
wo die Toten, die jung geblieben sind
uns nicht mehr erkennen
und achtlos an uns vorübergehen
durch die Palmenstrasse in alle Häuser
die wir bewohnten
und in den verschleierten Gärten

wohnt jetzt der Ernst
die Arbeit, die Kinder, die Schule
ich sammle alle Blätter ein
die du wütend in den Abwasch wirfst
ich schreibe immer noch Gedichte
während du maulst vor meinem Tor
und mich verfluchst
dass ich so wohne
dass ich immer noch so wohne
in dieser Wolke aus Gras und Petrol
und es gibt Tage, da richte ich meine Worte nur an dich
an euch –

Vielleicht, weil du ein Träumer bist

Vielleicht, weil du ein Träumer bist

Der kleine Garagist im dunkelroten Overall mit den kurzen borstigen Haaren und der vor Hitze beschlagenen Brille hat im grellen Licht der Neonleuchte über der Kasse das Gesicht mit den erhobenen Unterarmen geschützt und gewinselt und dann einen kleinen Schrei unterdrückt – er hatte Angst, sie würden ihn schlagen. Sie haben ihn gar nicht geschlagen. Nur einmal hat er ihn am Kragen gepackt und mit Schlägen gedroht, während sie blitzschnell alle Gummibärchen und Schokoladeneier in die offene Sporttasche wischte – da hatte der kleine Garagist schon die Kasse offen und fasste mit beiden Händen ins Geld und überreichte es ihnen und wandte sich ab und starrte an ihnen vorbei, und sein Gesicht tauchte sanft in das blinkende Rot-Gelb-Grün-Violett der riesigen Schilder vor dem Ende der Autobahn. Dann fiel sein müder Blick wieder auf die blöde Luftpistole, in der gar keine Munition steckte, und plötzlich liefen ihm Tränen übers Gesicht, rot-gelb-grün-violette Tränen im rot-gelb-grün-violetten Gesicht, und er sagte, das sei sein erster Abend hier und er werde die Stelle verlieren.

Dann kam ein lauter kurzer quäkender Ton von irgendwo her aus der hohen Decke, von weit her, und sie rannten los mit dem Geld in der Tasche und der eiskalten Luft in ihren Lungen, bis unter die Brücke, wo sie beim Eingang zu den Kleingärten das Auto abgestellt hatten.

Sie fuhren fast gemächlich hierher, an den Rand der Stadt, in diese fremde Wohnung eines Freundes, den sie erst seit einer Woche kennen und der ihnen den Schlüssel gegeben hat, weil er verreisen musste, an einen Strand in Thailand.

Sie fuhren langsam, um nicht aufzufallen, und sie horchten zuerst auf das Geräusch einer Sirene und stellten dann das Radio an. Schnee fiel in dicken Flocken und im Radio sang Aguilera *I am beautiful whatever they may say* – sie sangen mit, erst leise, dann zerfetzten sie das Lied und johlten es in allen Tonhöhen, und sie wollte den Kopf an seine Schulter legen, aber er schüttelte sie ab, er war zu nervös. Er hatte Angst, die Wohnung nicht zu finden, sie waren nur einmal dort gewesen und hatten böse gekifft bei ihrem neuen Freund, den sie beneideten, weil er wenig älter war als sie beide, aber schon viel weiter, viel, viel weiter. Aus der Tiefgarage fuhren sie mit dem Lift nach oben, und er wollte sie küssen, aber sie drehte sich weg und fragte, ob er wisse, wieviel Geld es ungefähr sei, und er sagte, ungefähr zweitausend.

In der fremden Wohnung ist alles eine Plage, hier ist alles privat und gehört einem andern, und alles ist so versifft, dass sie kaum etwas berühren mögen, überall Dreck und dreckige Wäsche, die sie mit Zeitungen zudecken, im Kühlschrank nur Bier und Medikamente und Eier. Sie essen Eier und gekochte Spaghetti und trinken das Bier. Sie spinnen sich ein, sie gehen nicht mehr raus, hier tönt sogar das eigene Schlucken viel zu laut, hallt in den Ohren nach. Sie machen sich angst, sie fürchten sich, sie haben viel zu wenig Geld, sie zählen es wieder und wieder, und es sind nur sechshundertachtzig Franken. Immer wieder nur sechshundertachtzig, sechshundertachtzig, sechshundertachtzig – sie hatten sich mindestens dreitausend erhofft oder wenigstens zwei –

Sie stehen kaum mehr auf, sie ziehen sich nicht mehr richtig an, sie mögen kaum mehr etwas essen und lassen die gekochten Spaghetti in der Pfanne liegen, sie lassen Tag und Nacht ineinander übergehen und machen keinen Unterschied, sie schlafen ein und wachen auf und leben ohne Lampen, nur mit dem Licht des TV, ohne ein einziges Gefühl füreinander, als seien sie hier oben plötzlich Feinde geworden.

Wenn er sie von sich wegdrängt, protestiert sie nicht mal mehr, sie ruft nur ihre Mutter an und erzählt ihr von irgendwelchen Ferien mit einer Freundin in den Bergen und wie es schneie und sie werde ihr etwas Wunderschönes mitbringen –

Die fremde Wohnung wird von Stunde zu Stunde hässlicher, und sie finden nur schwer eine gemütliche Ecke für sich, sie wechseln unruhig ihre Plätze, sind mal da, mal dort, mal sie am Küchentisch und er im ungemachten Bett, dann er im andern Zimmer auf dem Sofa und sie im Bett. Dann springt sie auf und sucht etwas und hebt mit angeekeltem Gurgeln ein Staubbällchen hoch oder ein sehr altes Pflaster – sie möchte dauernd ihre Mutter anrufen, ihr sagen, es gehe ihr gut.

Dann steht er auf, wenn sie im Bad ist und kommt zu ihr und sie halten die Gesichter in den Spiegel und sehen, dass sie einander immer ähnlicher werden, oder vielleicht schon waren, wie Reihenhäuser, eins dem andern immer ähnlicher – sie spitzt die Lippen, er versucht es auch, aber sein Mund ist zu rund und die Lippen zu dick, sie streicht ihm das Haar aus dem Gesicht und untersucht die kleinen Pickel auf seiner Stirn –

Er legt ihr die Hände sanft um den Hals und betrachtet im Spiegel die Hände und den Hals, bis er husten muss, und der Husten geht über in sein altes Jungenlachen, er lacht laut auf – endlich kann sie ihn küssen, solange sie will.

Grüsse an die giftige Sonne, die an die weissen Fassaden und über die Dächer flutet, sie prallt an der Scheibe ab, sie malt Kringel an den Duschvorhang, sie löscht den Spiegel mit ihrem stechenden weissen Glanz, als sei der Spiegel selbst die Sonne.

Dann stehen sie für einen Augenblick ganz eng aneinandergeschmiegt am Fenster und schauen hinaus. Sie hat sich aus seinem Unterhemd einen Turban geknüpft und schaut aus wie eine Priesterin. Ihm hängen alle Haare ins Gesicht, er hat eine Frisur wie ein Mädchen, struppiges blondes Haar, manchmal schnippelt sie mit einer winzigen Schere daran herum.

Direkt unter ihnen die gewaltigen flachen Dächer der Nachbarn, die flirrende Takelage der Antennen, stinklangweilig, Hunderte von Nachbarn, von Fremden, niemand da, niemand, den man kennt, spiegelnde Fenster, die winzigen Balkone im Schatten verdunkelt, in jeder Wohnung wahrscheinlich ähnliche Sachen wie bei ihnen, die gleichen Geräte wie bei ihnen, nur nicht so schmutzig alles, und vielleicht irgendwo Kinder –

In der Ferne leuchtendgrüne Hügel und wie ein graues mehrfach verdrehtes Band die grossen Strassen, auf denen man fahren kann, wohin man will, wenn man frei ist, wenn man keine Probleme hat –

Sie kaut an ihren Nägeln, starrt hinaus. Es wäre schön, wieder mal irgendwo in einem Laden eine Hose anzuprobieren oder irgendwo etwas zu trinken oder zu Hause vorbeizuschauen –

Vom winzigen Küchenbalkon schauen sie durch die Gitter nach unten, dort sind vielleicht jetzt gerade ein paar alte Freunde unterwegs und suchen sie, kreisen in ihren Autos johlend und hupend um die Blöcke und schreien sich durch die dröhnenden Bässe der Lautsprecher an und wissen die Wohnungsnummer nicht – Namen helfen hier nichts, hier kennt niemand einen Namen –, wenn sie dann vielleicht irgendwo klingeln, tönt aus dem winzigen Lautsprecher nur ein Rauschen, ein Knacken, dann wieder Stille – niemand antwortet hier auf irgendwelche Fragen – und vielleicht sucht sie ja auch niemand.

Die beiden bleiben ganz für sich, bei sich hier oben in ihrer Saison, alles privat, sie erschrecken bald über jedem Geräusch –

Wenn sie ein Fenster öffnen, jagt ein eisiger Wind, der nur darauf gewartet hat, dass sie das Fenster doch noch öffnen, durch die Wohnung und reisst alles von den Tischen, von den Stühlen, fegt alles weg –

Dann steht er wieder auf und kocht Spaghetti, oder er holt das Geld aus der Wäscheschublade und zählt es und bündelt die Scheine und legt sie wieder zurück.

Im TV sagen sie auf allen Kanälen, man könne es schon schaffen, wenn man nur wirklich wolle – manche wollen aber gar nicht arbeiten, sie lachen höhnisch ins Publikum, das johlend von den Stühlen aufspringt, und sie fragen lauthals, wozu sie arbeiten sollten, sie seien ja nicht blöd, und ins wütende Gejaul des Publikums schreien sie ganz begeistert, sie hätten ihr Geld auch so –

Er beisst sich auf die Lippen, so was möchte er nicht spielen müssen, um kein Geld der Welt in so eine Sendung und so was erzählen, und alle murren und merken sich dein Gesicht –

Sie träumt mit offenen Augen, sie ist nicht unglücklich und sie ist nicht glücklich, sie träumt, dass sie sich hinlegen und dann genau in der Mitte der fliessenden Zeit liegen und die Strömung nicht merken, die Strömung der stillen Tage und der stillen Nächte, und dass sie dabei immer so jung bleiben, wie sie jetzt sind –

Er liegt auf dem Sofa, er versucht, nicht zu rauchen, er drückt sich in die Kissen und stellt den TV leise, er raucht dann doch, er saugt an seinem gefälschten Gedächtnis, er phantasiert Eisblumen ans Fenster, das sind alte Träume von heimeligen Wintertagen im sturmumtobten kleinen Haus aus einer Vorzeit, die sie gar nie hatten.

Sie sind Tür an Tür in gewöhnlichen Wohnblocks aufgewachsen, in winzigen Zimmern, in Wohnungen wie diese hier, im achten Stock oder im siebten, und haben von Hütten geträumt, wenn sie an den erleuchteten Fenstern des Shoppingcenters vorbeischlurften.

Sie haben von Hütten geträumt, in denen sie tun und lassen könnten, was sie wollten, sie haben vom TV geträumt, der in diesen Hütten immerzu aus allen Wänden ihre Musik spielt, während in schmalen Schubladen in der Küche doppelte Cheeseburger liegen, wenn man dreimal klopft, und draussen tobt die Natur – so hatten sie es sich als Kinder ausgemalt –, und jeder kann heraus in diese Natur, die immer genau so ausschaut, wie man es sich gerade wünscht, also wildes Bergland oder ein dunkler Dschungel oder ein weiter einsamer heisser Strand – sie haben sich als Kinder eine Blockhütte ausgemalt, wo man über eine kleine Treppe von der Küche in den Keller geht, und dort, tief unter der Erde, glitzert ein Swimmingpool von hundert Metern Länge und fünfzig Metern Breite in einer dreissig Meter hohen Halle, mit Rutschbahn und Brücken, von denen man ins türkisfarbene Wasser springen kann, mit tiefen Höhlen und Grotten, in denen farbige Lichter flackern, und das Wasser ist gerade so warm, wie man es will, aus den Wänden der Grotten wachsen Gummibärchen und saure Schlangen –

Sie haben aufgehört, miteinander zu reden, sie berühren sich kaum, sie starren einander minutenlang an und ziehen sich dann in ihre Winkel zurück – sie fährt sich mechanisch mit den kleinen Händen die Oberarme entlang, sie sieht Eisblumen am Fenster, sie sieht, was er denkt, und sie wundert sich. Eisblumen kennt sie nur aus Filmen, wie kommt sie auf Eisblumen, vielleicht weil er ein Träumer ist und sie in seine Träume zerrt –

Sie legt sich aufs Bett und schiebt sich Haribos auf die Stirn, drückt sie über den Nasenrücken nach unten und spickt sie sich in den Mund. Sie drückt die Zunge an den Gaumen, um sich nicht zu verschlucken. Dann setzt sie sich auf und zerbeisst und schluckt alle aufs mal, und sieht ihre Mutter auf sich zukommen. Sie legt sich zu ihm aufs Sofa, er weicht ihr aus, steht auf und holt das Geld hinter dem zerknüllten Durcheinander ihrer Wäsche vor und zählt es, zählt es wieder.

Er sieht auch, was sie denkt, es ödet ihn an, sie will ihn lebendig begraben, er kann es sehen: das ewige Reihenhaus am Rand der Stadt, wie sie es sich in letzter Zeit oft ausmalt, mit einem alten grossen verholzten Holunder und duftendem weissen Flieder, der über den Zaun in die Strasse hängt, wie in einer Forsthaus-Serie, er sieht sie unter der Türe stehen und rauchen. Er sieht den Sommer im knalligblauen wolkenlosen Himmel und in den Blumen auf der kleinen Wiese hinterm Haus und er sieht sich über ein Fahrrad gebeugt neue Bremskabel einziehen, dazu lautes Gezwitscher von winzigen Vögeln, die hin und her jagen – ihm wird gleich schlecht. Das also will sie von ihrem Leben, ihn auf die Wiese stellen und ein Fahrrad reparieren lassen, das viel zu klein ist für ihn.

Er könnte sich rasieren. Drei schmale Reihen Bart in engem Abstand parallel stehenlassen – das dauert ein bisschen, man darf nicht nervös sein, man sollte nicht zittern, er zittert manchmal ein bisschen, oder ihm wird schlecht, dabei ist es so wenig Geld.

Sie soll doch ihre Mutter anrufen. Das könnten sie schon riskieren, dort heute zu Abend zu essen, Fleisch mit Sauce und Kartoffelstock, sie könnten zur Sicherheit ein Taxi nehmen. Niemand sucht sie hier, der neue Freund, dem die Wohnung gehört, ist weit weg, in Phuket – an einem Strand in

Thailand, an dem sie ihm jederzeit alles zu trinken und zu essen bringen, was er gerade will …

– *Ach, so ein kleines Haus möchte ich haben*, sagt sie in die Stille hinein und kichert, *mit dir zusammen ein kleines Haus am Rande der Stadt, mit Nachbarn, die einen grüssen und die abends noch Salz und Eier ausleihen und nach Zigaretten fragen – nicht so ein ekelhaftes Hochhaus, wo dich keiner kennt –*

– *Du möchtest Kinder haben*, sagt er müde, *und ich soll das Scheissfahrrad reparieren, ich soll dein Mann werden, ich soll leben wie ein Tier im Zoo, du willst mir zuschauen, wie ich ein Krüppel werde wie mein Vater und nur dem Zeug hinterherrenne, so eine Dressurnummer, das haben sie schon mit meinem Alten gemacht, aber nicht mit mir, ich will so nicht leben, ich will was anderes, ich möchte eine Frau ja nur für zwischendurch, wenn ich dann mal eine Arbeit habe und müde heimkomme, will ich mein Bier und TV schauen und Ruhe – nur alle paar Tage mach ich dir dann einen Besuch.*

Sie steht beleidigt auf und geht in die Küche, starrt in den Kühlschrank.

Also allein im Reihenhaus mit dem kaputten Fahrrad.

Alleine mit den Haribos und den Kindern, die giftig sind mit ihr und vor dem TV streiten –

Wenn es klingelt an der Türe muss man nicht hingehen, man muss die Türe gar nicht öffnen, wenn es klingelt –

Sie starrt aus dem Fenster, weil sie die fremde Wohnung nicht mehr sehen will, sie weiss, wenn an einem schönen Frühlingstag die Reihenhäuser mit ihren Frauen spazierengehen, dann wollen sie nur zeigen, wie glücklich sie mal gemeint waren, sie waren glücklich gemeint –

Und wenn es klingelt, wenn es wirklich klingelt:

stehen fünf Polizisten vor der Türe, zwei Frauen und drei Männer, alle jung und freundlich, und in der Mitte der Freund von Phuket und ihre Mutter, die weint und ein Nastuch vors ganze Gesicht drückt.

Sie sieht den Freund aus Phuket mit einem fiesen Lächeln und ohne sie und ihn auch nur ein einziges Mal anzuschauen auf einen Wink der Polizisten loslaufen wie ein Hund und dann langsam und wichtig durch die Wohnung schreiten. Er öffnet alle Schränke und überall quillt alter Mist heraus, und die Polizisten greifen mit sicherer Hand da und dort zwischen die Wäsche oder unter die untersten Teller oder hinter die Bücher und zwischen die CDs und ziehen kleine Säckchen mit einem weissen Pulver heraus. Die halten sie hoch und schauen auf ihn und auf sie, und der Freund nickt und lächelt böse, und ihre Mutter drängt sich an sie heran und hält sie fest an sich gedrückt –

Statt all dem hier jetzt bitte schnell ein Wind, der uns aus dieser Wohnung reisst, rüber nach Mexiko, an einen Strand, wo man uns alles bringt, oder auf den höchsten Berg, in eine Hütte oder ins Reihenhaus, Jahre später in ein Reihenhaus! Wo Kinder warten, wo man ein Fahrrad reparieren kann!

Mit einem Garten, einem Wunderland – einer riesigen Halle, mit Höhlen und Grotten tieftief unter der Erde – und aus der Finsternis dann schnell ans Licht –

Ich gehe spazieren über Arme und Beine

Das alte Haus in Todtnauberg zerfällt, der Staub legt sich wie Puder übers Haar, ein paar sind ins Zelt gezogen, im Schatten der alten Linde, die andern haben ein Baumhaus gebaut und teilen es mit den Krähen, ein paar sind geblieben und laufen mit schweren Schritten treppauf, treppab, die Morgen sind still und aus dem Bach steigen die ersten Nebel ins leuchtende Grün der endlosen Wälder, ich habe eine alte Madonna neu geweiht mit farbigen Lampen, die Nische blau gestrichen, ein kleines dunkles Fläschchen zu lange vor die Nase gehalten und dann im Rausch meiner eigenen Kohabitation beigewohnt, seltsame Gewohnheit, einander zuzusehen, wie man sich sieht, wenn man sich anschaut – lebe mit meinen Chorknaben in täglichem Unfrieden, der Sommer bricht in viele kleine Stücke, in Stücke von Wald und Weiden und rasenden Wolken, rasenden Dörfern, rasenden Tagen, der grosse Tisch vor dem Haus bedeckt mit Büchern, die niemand liest, die sanfte Wiese, in der die Autos schlafen, senkt sich zur Strasse, wo die Dörfler stehen und uns hassen, endloses Reden zwischen den Weihern, Kränkung im Schilf und Gemeinheit am Wehr und Versöhnung abends im Baumhaus, Versöhnung mit den Krähen, überall abgelegte Gefühle, die keiner mehr empfinden will – irgendwann dämmert uns, dass wir nicht mehr erwarten sollen als eine Vielzahl in unserer Vielzahl, abends rollen wir uns in sie ein und morgens packen wir uns wieder aus, die Magie hab ich erfunden, die ganze Magie stammt von mir, sage ich, und jemand lacht aus dem Dunkeln zu mir herüber, und die Madonna fröstelt in ihrer blauen Nische: der lange Schrei des einen und der kurze Schrei des andern, das fügt sich manchmal nicht, auch weiss ich nicht immer die Namen über meinem Gesicht, für jeden soll ich zeitweise den Kopf einziehen, dass sie nicht giftig werden über meinem Wunsch zu wachsen, ich werde nicht geliebt und liebe nicht, ich will nur diese Schreie hören und manchmal sagen, AM FUSS DES SCHWARZWALDS IM SCHÖNEN TODTNAUBERG oder IN DIESER BLOCKHÜTTE, TRAUM MEINER KINDHEIT: PETZI BAUT EIN FLOSS FÜR MICH – schönstes meiner Bücher! Schöner später Ausbruch von Kinderlangeweile an einem heissen Mittag: so ein blauer Naturhimmel über naturgrünen Tannen und der Geruch von Fichtennadeln, auf die die Sonne brennt, ein burschikoses Hemd sorglos ins Gras gelegt, ein anderer Name, ein anderes Gesicht, ein neues Lied aus den Boxen vor dem Haus, manchmal schwimmen wir im grossen See im Norden und von dort in die verzweigten Kanäle und treiben dahin im Flechtwerk der Weiden, dazwischen die staubigen tanzenden Strahlen der Sonne, plötzlich wie ein Messer im Rücken eine Stimme, die sagt, *will alle lieben und liebt aber keinen* – greife mir dann diese Stimme und antworte ihr, schaue auf einen breiten weissen Rücken voller fetter schwarzer Egel, die sich nicht lösen lassen, weil sie trinken wollen wie wir, *es soll ja andere Stämme geben,* sage ich, *andere Frauen, klügere, die halten immer einen als einzigen, schick mir diese Frauen, ich will das alles in Erfahrung bringen* – im Sand, in Baumschulen, im lästigen Gestrüpp der einheimischen Haselstaude sucht ein bekiffter Prinz torkelnd nach seiner Brille, die ich ihm zertrat, als er lachend sagte, *mitten in dein krankes Herz. Keine Angst*, sagt er und torkelt und tröstet mich, *das geht bald vorbei, es ist nicht schlimm, wenn ich nichts sehe, weil nichts verlorengeht, nichts geht verloren,* wir fürchten uns nicht, wir werden bald wieder sehr einträchtig die farbgebenden Pilze essen und uns dann mit einer kolossalen Herzbeschleunigung in das Auto setzen, ein Ausfall in die feindlichen Provinzen, wo man uns nicht mag, mit unserm kolossalen Rausch in die feindlichen Provinzen, in vor Hass beschleunigte Herzen einfahren, über den grauen Asphalt fliegen, über die uralte Pflästerung der Dörfer, die an ihrem Ende in Garagen münden – wie da die Wiesen fliegen, wie da die Strassen fliegen, die Pilotenbrille über meinen sanften Blick gestülpt – zu Pferden, zu Pferdebesitzern, am Fuss des Schwarzwalds oder nach Todtnauberg, und dabei einen sehen, den es graust bei uns, der uns entkommen will, der uns verachtet, uns, unsern Nichtsnutz, die Madonna, einen gesehen, der mit seinem alten Rucksack die kleine Strasse entlanggeht, um uns zu entkommen, habe ihn angefletscht durch meine Pilotenbrille, habe ihn in den Graben gehetzt in der wohligen Wärme durch die farbgebenden Pilze, dort soll er schauen, ob er Schritt halten kann mit den innigsten Teilen meines rauhen Gefühls, ob er mich retten kann mit seiner Wut …

Aber an manchen Stämmen der Pappelallee kleben dann am nächsten Morgen kleine schnelle Autos, in der Mitte zerteilt, die Fahrer den Kopf in die blutige Scheibe gedrückt – wie seinerzeit besprochen: dass keiner von uns verlorengehe – und an der Grenze warten stumm die Zöllner und blättern in unsern Papieren, der Sommer ist zerschlagen, von einem bösen Wind über die Hügel getrieben, über den Birkenwald und die Ufer der schilfbewachsenen Teiche – wir nehmen schweigend Abschied von uns und unseren Wäldern und sehen einander nicht wieder, weil die einen sterben und die andern leben müssen, und immer wieder kommt ein lauter Wunsch aus meinem kranken Herzen, wir singen ihn die ganze Fahrt: PETZI BAUT EIN FLOSS FÜR MICH UND DANN GEHEN WIR SPAZIEREN / EINER GANZ NAH AM ANDERN / ÜBER ARME UND BEINE –

Wo wirst du sein ohne mich?

Wo wirst du sein ohne mich?

Er läuft mit einem Apfel in der Hand durchs Haus und ruft ihren Namen, er will etwas von ihr, er will eine Antwort, die Haare stehen ihm zu Berge, weil er sie nicht finden kann. Er muss weiter, er muss sie finden, er stürmt durch alle Zimmer, in denen sie nicht ist, und dann die Treppe hoch, sein Herz stockt, muss aber weiterschlagen, der Apfel rutscht ihm in die Bronchien, er hustet, hustet mit offenem Mund.

Daran wird sie mich erkennen, an meinem Husten, weil ich noch immer nicht essen kann, ohne mich zu verschlukken, weil ich das immer noch nicht richtig kann –

Er hört ein Geräusch aus einem Zimmer, die rotlackierten Türen blinken schön im Licht des Nachmittags, er ruft ihren Namen, sie antwortet nicht.

Erst ist es still, dann hört er die Geräusche eines anstürmenden Orkans in seinen Ohren, als sei er nicht in einem Korridor, sondern draussen in freier Natur, er macht die Klänge selbst und merkt es nicht, das Rauschen und Branden wird immer lauter und schiebt sich zwischen ihn und den Rest der Welt.

Er öffnet eine Tür und sieht sie an einem neuen runden Tisch sitzen, den er nicht kennt, mit fremden Kindern, die kleine farbige Papierschiffchen herumschieben und etwas brüllen in einer Sprache, die er nicht versteht, sie wirft den Kopf in den Nacken und lacht und kann sich gar nicht mehr halten vor Lachen, es schüttelt sie, und ein Kind nach dem andern fällt in das Gelächter ein, erst schüchtern und leise, dann immer lauter – so laut, dass er es trotz dem Sturm in seinen Ohren hören kann.

Er schliesst die Türe und öffnet die nächste.

Es ist dunkel, sie liegt zusammengekrümmt in ihrem Bett, alleine, und ihr Haar ist seltsam hell, und bald erkennt er, dass es weiss geworden ist, und ihr Gesicht ein wenig gelb und ganz neu, nämlich alt – uralt, sie lächelt und spricht mit einem Stoffhund, den sie an sich presst, sie sagt ganz leise mit einer heiseren Stimme: *Wo ist denn das Feuer, wer hat denn das ganze Feuer gegessen, den Rosenkuchen, Rosinenkuchen – warst das du, du blöder Hund, du hast alles gefressen, hat das nicht weh getan, was bist du nur für ein blödes Tier –*

Er schliesst die Türe. Das Rauschen und Pfeifen hört auf in seinem Ohr, dafür hört er jetzt ein hohes Sirren wie Flügelschlagen.

Er öffnet die dritte Türe und sieht sie in der Badewanne mit einem fremden Mann hinter Gebirgen aus Schaum, wie sie sich räkelt und sich den Rücken waschen lässt von diesem fremden Mann, der lacht und sagt, *du wirst immer schöner –*

Ihm stockt das Herz, er bleibt trotzig, riesengross und schwer atmend in der Türe stehen und starrt die beiden an, die ihn nicht sehen, Wahnsinnige! *He,* sagt er, *was soll das? Das geht zu weit. Das geht nicht. Nimm deine Hände weg, lass sie in Ruhe!*

Der Mann dreht ihr mit beiden Händen sanft den Kopf und küsst sie behutsam und dann immer leidenschaftlicher –

Wie beschämend, so in einer Reihe zu sitzen, man ist nur einer und auf diesen einen folgt der nächste, ein anderer, ein ganz neuer Mensch, und man ist nichts mehr, wo soll einer hin, wenn er nichts mehr ist?

Er schliesst die Augen, macht sie wieder auf, er hustet den Rest des Apfels aus der Kehle, die beiden küssen sich, als wäre er nicht da, er schliesst die Türe, er krümmt sich wie unter einem Schlag.

Sie hätte mich erkennen müssen, sie hätte mich an meinem Husten erkannt, wenn sie das wirklich wäre, wenn sie wirklich dort wäre, wo ich sie sah, ich kann nicht essen, ohne mich zu verschlucken, das war nicht sie.

Er hört ihre Stimme von unten, sie sagt, *wenn er geht, dann schon, wenn er bleibt, dann nicht* – er stürzt die Treppe hinunter und läuft durch die stillen leeren Zimmer, ein ums andere Mal, wie ein irres Tier, immer wieder im Kreis durch die kleinen hellen Zimmer, durch die Küche, von dort ins himmelblau gestrichene Klo, er sieht sich bleich und fremd im Spiegel, er starrt durch die Fenster ins Blau der Reseden und beisst auf die Zähne, knirscht mit den Zähnen, bis er das Geräusch des Schlüssels im Eingang hört.

Er läuft ihr entgegen, sie steht mit schweren Taschen auf der Schwelle und lächelt ihn an, unter dem Arm hat sie einen kleinen Stoffhund, den habe sie kaufen müssen, der sei so süss, sagt sie und will ihn umarmen, er zuckt zurück, es ist der Hund, den er gesehen hat, bei ihr im Zimmer, es ist der Hund der alten Frau, er nimmt den Hund und dreht ihn in den Händen.

– *Ich weiss, dass es kindisch ist, aber ich konnte nicht anders, er ist so süss* –

– *Wo warst du heute den ganzen Tag?* schreit er, *wo warst du, mit wem hast du gebadet, warum redest du mit Hunden, wo warst du und wo wirst du sein? Wo wirst du sein, wenn du nicht mehr mit mir bist? Hier in diesem Haus wirst du mit einem fremden Mann baden und du wirst ihn küssen – ich hab dich dreimal gesehen heute, ich hab dich in allen Zimmern gesehen, ich hab dich gesehen mit einem fremden Mann im Bad, und du hast ihn geküsst, also du hast ihn ja schon geküsst* –

Sie stellt die Taschen ab und fällt ihm um den Hals. Er weint, und seine Tränen werden schon auf seinen Wangen hart und weiss und fallen als Perlen auf den Holzboden und rollen umher, durch die Diele in alle Zimmer, sie fährt ihm sanft übers Haar und bückt sich nach den winzigen Perlen, sie hebt eine auf und beisst darauf, *ich habe dich auch mit Kindern gesehen,* sagt er und lauscht aufs Klicken der Perlen, die auf den Boden fallen, während sie mit ihren Taschen achselzukkend in die Küche schlurft und sagt, diese Perlen seien sehr weich, die seien nicht echt, und sie habe neulich auch so weinen müssen, weil er nicht dagewesen sei, eine halbe Nacht habe sie schon um ihn geweint.

Ich stelle mir den Körper vor als Strom

Er steht mühsam auf, er muss sich langsam auseinanderfalten, als hätte er Stunden in einer kleinen Kiste geschlafen, sein Atem geht schwer vor Traurigkeit, er läuft unruhig durch die ordentliche Wohnung, macht überall Licht, starrt auf sein Telefon, dann aus dem Fenster, wo der Himmel eine Spur heller ist als vor einer Stunde, trinkt ein Glas Wasser und sieht seine Hände zittern. Er reisst ein paar Bücher aus dem Gestell und fängt voll banger Unruhe zu lesen an, er liest, was er geschrieben hat, sich nicht provozieren lassen, hat er geschrieben, sich nicht täuschen lassen, hat er geschrieben, und sich nicht fürchten, hat er geschrieben, sich nicht fürchten.

Er hat die Wohnung aufgeräumt und das Geschirr abgewaschen, er hat einen Wolfsbarsch im Salzmantel vorbereitet und Salat gewaschen, den Tisch gedeckt und weitergeschrieben, den Abstieg verkraften, hat er geschrieben, den Abstieg mitmachen, wie ein Schwimmer, der von einem Strudel nach unten gerissen wird und erst am tiefsten Punkt zur Seite entkommen kann, den Abstieg mitmachen und dann zur Seite hin entkommen. Ein paar Stunden später hat er mit zittrigen Fingern das Salz vom Fisch abgewaschen und abgekratzt und den Fisch nach Anbruch der sternklaren Nacht nach unten getragen und den Katzen vom Nachbarhof hingelegt, die ihn begeistert ableckten, zu ihm hochschauten und dann wieder mit dem Fisch spielten. Er hat den Salat in den Abfall gestopft und ist mit einem gurgelnden Schluchzer in der Kehle durch die Stadt gefahren, den Berg hinauf, dorthin, wo er nie wohnen wird, wo hinter hohen Hecken die Silhouetten der alten Villen in die Nacht leuchten, er ist durch alle grösseren und kleineren Strassen gefahren, bis zu dem Appartementhaus, das dunkel und schwer hinter einer mächtigen Weide steht, mit riesigen Fenstern, hinter denen gedämpfte Lichter brannten, er hat die Tränen hinuntergeschluckt und ist solange gekreist, bis er ihr Auto in einer winzigen Strasse am Waldrand sah, und er ist ausgestiegen und zu diesem Auto gelaufen und hat verwirrt und gerührt die Umrisse der gigantischen Unordnung darin betrachtet, die Schuhe, Zeitungen, Coladosen, die Schals, Sonnenbrillen, CDs, die Bücher und die losen Seiten eines Briefes, er hat die unverschlossene Tür geöffnet und ihr Parfum gerochen, ihre kindischen heimlichen Zigaretten, ihre Lügen – er hat den Kopf auf das Lenkrad gelegt und an ihre Schlamperei und an ihre Sonntage gedacht, von ihren Sonntagen geträumt, im Bett zwischen Eierschalen und Bröseln, an ihr Gekicher, an den fröhlichen Kaffeegeruch aus ihrem riesigen Maul, an ihre Zunge – dann kam ihm der Fisch wieder in den Sinn und er riss sich von ihrem Auto los und ging zu seinem, setzte sich hinein und hupte minutenlang, wie ihm schien, der Lärm verstärkte seine Qual, bis er glaubte zu zerplatzen. Zu Hause ist er schnell ins Bett, nach einer flüchtigen Dusche, mit einem verwunderten Blick auf seinen schönen Körper, den er kaum anfassen mochte, um ihn zu waschen. Er ist mit dem Telefon in der Hand eingeschlafen und hat sie im Traum so innig geliebt, dass er auf dem feuchten Leintuch erwachte und einen Schrei ausstiess, weil er dachte, er habe ins Bett gemacht, er hat an sich hinuntergeschaut wie in einen Abgrund, einen Abgrund an sinnloser Lust, an sinnloser Kraft. Er ist wieder eingeschlafen und wieder und wieder erwacht, und jetzt liest er, was er geschrieben hat, er hat geschrieben, im anderen das eigene sehen, ein Leben ohne Neid beginnen, hat er geschrieben, nichts raffen, was man nicht braucht, hat er geschrieben, und das Glück nicht vom andern erwarten, sich nicht täuschen lassen und sich nicht fürchten, den Abstieg verkraften, ein einfaches Leben führen und nicht achten auf das, was die andern sagen, im andern das eigene sehen, auch wenn das schmerzhaft ist, hat er geschrieben … Acht Bücher, acht rote Bändchen mit fetter schwarzer Schrift, achtmal viel Geld für das Gebräu, acht Ratgeber, die ihn jetzt stumm umstehen, während sich ihm die Kehle zusammenpresst zu einem heiseren Schrei, er schreit nach ihr, brüllt ihren Namen, und es tönt wie ein Husten, ein Gebell, ein unwillkürlicher Rachenlaut, die halb durchwachte Nacht und viele andere davor schreit er heraus, und draussen dämmert der gleichgültige Morgen.

Sie steht auf dem Balkon und schnippt die Asche weit von sich, sie schaut in den rosa morgendlichen Dunst über der Stadt, sie kaut ohne einen Bissen im Mund, nur so zur Entspannung von der grossen Liebe, die leider eingeschlafen ist, dann schleicht sie zurück in die schöne fremde Wohnung, wo die weissen Ledersofas aus dem Halbdunkel schimmern, sie schlägt beim Öffnen der Türe mit der Hand zu laut aufs

Glas, die Tür gibt nach und reisst sie mit, sie stolpert, fällt der Länge nach hin, der schwarze Marmorboden nähert sich ihr aufreizend langsam, immer noch etwas im Blut, das den Augenblick dehnt, ihn über Gebühr verlängert, schwarze Kugeln, die die grosse Liebe kaut und ihr mit der Zunge in den Mund schiebt, bis sie alles vergisst, in jeder dieser Kugeln findest du das Glück und den gedehnten Augenblick, und die Last deiner täglichen Mühsal löst sich sofort, und du vergisst einfach alles, du bleibst glücklich über Stunden und vergisst das Telefon, du musst nicht mehr telefonieren, telefonieren müssen nur die Zurückgebliebenen, die dummen Massen, die unter dir pochen und werken, die emsig hin und her laufen und sich verständigen und sich in einer Wolke von Hass und Qual anlächeln, die um Zuneigung winseln, die andern lassen in einer gnadenlosen Freude ihre Pupillen zu Punkten schmelzen und vergessen, rauschen ab ins Glück, ja.

Sie probiert mit dem Gesicht auf dem kühlen Marmor ihre Fussgelenke aus, die Kniegelenke, dreht sich auf den Rücken und wird allmählich wach, nüchtern, sie schliesst die Augen und sieht sich den glasig grinsenden Jungen beschwatzen, noch in eine Bar am Fluss zu gehen, auf einen allerletzten Schluck, sie hört einen tiefen stotternden Schnarcher aus dem Zimmer nebenan und sieht sich mit hohen Absätzen durch die abschüssige Wiese auf das nächtliche, mit farbigen Lämpchen erleuchtete Ufer zutaumeln und rufen, ich muss noch telefonieren, und der fröhliche Junge mit den winzigen Pupillen stützt sie und hält sie und lacht: Sie muss noch telefonieren, er singt es und wirft mit einem kräftigen Schwung ihr kleines Telefon in den schwarzen Fluss, dann sind sie plötzlich hier in dieser schönen Wohnung über der Stadt und ein Helikopter landet knatternd über ihrem weissen Knie, sie schreit, und er lacht und legt ihr die Hand auf den Mund, und immer, wenn sie wieder ein wenig wach wird, liebt der Fremde sie, stöhnt zwischen ihren zitternden Beinen, sie lässt sich fallen und schläft gleich wieder weg, und jetzt schläft er und sie ist wach – sie weiss nicht, wo ihr Auto steht, sie will ganz schnell nach Hause und alles erklären, alles auflösen, sie wird ihm sagen, wo sie war und dass sie leider schon wieder fast alles vergessen hat, aber sie wird ihn nicht wecken, wenn er noch schläft, sie wird ihm zuschauen, wie er sich dreht und mit der Hand nach ihr tastet, wie er mit den Füssen nach ihr sucht, wie er zärtlich mit der Hand über die Decke streicht, wie er die Decke fasst und rafft und unter seinen Körper schlägt und weiterschläft, sie wird sich neben ihn legen, sie wird ihn küssen, jedes goldene Haar auf seinem Körper, bis er aufwacht, und sie wird sich auf ihn stürzen, sie wird alles erklären, sie wird sehr schön zu ihm sprechen, sie wird sagen:

Ich stelle mir den Körper vor als Strom, als grossen Fluss, der auf alle Zeit durch alle geht, alle durchzieht, und niemals endet –

Was wir berühren, hört nicht auf, wir sind als Horde unterwegs, und was den einen belebt, das bringt den andern um, und der zieht weiter zu jemandem, der ihn rettet, der ihn weckt, ihn glücklich macht, und das bringt wieder einen um, und dieser Reigen dreht sich endlos, wie es ja auch seit langem in allen Büchern steht, in den Romanen und ihren Freunden, den Ratgebern, und wer das nicht ertragen kann, erträgt die

Liebe nicht, das ganze Tralala, und frag mich nicht, wo ich gewesen bin, ich war ja unterwegs und konnte dich nicht erreichen, und ich bin sehr erschrocken, als mit einemmal ein Helikopter knatternd und endlos im Fensterkreuz schwebte und dann abdrehte und auf meinem Knie landen wollte, aber das gehört nicht hierher –

Sie findet die Kleider im Korridor, sie zieht sich an, küsst den schlafenden Jungen, der lächelt und ihr mit der Hand durchs Haar fährt und mit dem gewaltigen Schlangen-Ring an seinem Mittelfinger in einer Strähne hängenbleibt, so dass sie ihm aus ihren Haaren helfen muss, während er immer noch sanft lächelnd und mit halbgeschlossenen Augen wie im Schlaf zuschaut, wie sie ihn auf die Lippen küsst und geht.

Unten reisst sie die Türe so heftig auf, dass sie mit einem klirrenden metallischen Geräusch in der Halterung steckenbleibt: Immer ein Lärm, der ihr vorausgeht, das ist ihr geblieben, die mächtige Weide flirrt sehr zart mit den Blättern im hellen Morgenlicht, sie läuft so schnell sie kann, das Geschepper der Türe verfolgt sie, wie früher das Geschepper der zerbeulten Dosen, die ich aus Versehen immer noch hinter mir herziehe, an einer dünnen Schnur führe ich stets meine Kinderzeit mit mir und erschrecke damit Fremde, mache mich lächerlich, ich möchte alles immer um mich haben, mit einem riesigen Ast voller duftender gelber Nadeln ziehe ich von einer Wohnung zur nächsten, von einem Namen zum nächsten –

Ihr Auto sucht sie lange, dann fährt sie los, und findet ihn in der aufgeräumten Wohnung mit leergeheultem kalten Blick im Bett, umgeben von seinen Büchern, umringt von den roten Bänden, die da oder dort lose aufgeschlagen sind, so viel hat er schon geschrieben, so klar und fleissig gelebt – jeden Morgen steht er sehr früh auf und bringt ihr den Kaffee und schneidet in der Küche genau ein Zentimeter dicke Scheiben Brot, nachmessbar ein Zentimeter dicke Scheiben, und seine dicken wulstigen Lippen verkeilen sich ineinander vor Sorgfalt, jede seiner Bewegungen ist ordentlich, ist massvoll, ist gesund, sein Hemd ist sauber gebügelt und duftet, dann setzt er sich an seinen kleinen Tisch und arbeitet ganz still, bis um Schlag zwölf, dann zieht er sich um und rennt durch die Strassen, wenn sie aufsteht, sieht sie zuerst das leuchtende Stirnband und weiss, es ist ein Uhr mittags, und hört ihn über etwas klagen, über fehlerhafte Geräte oder Konservierungsstoffe im Thunfisch, oder dass sie nicht mehr rauchen soll, und nie fällt ihr eine Antwort ein, oder eine kleine Ermunterung, sie starrt ihn an, wie er sich in Rage redet, und sie staunt, wie das Volk, das er verkörpert, das er besser verkörpert als sie – wie dieses Volk jetzt seine Ängste aufs Schild hebt und in langsamen feierlichen Paradeschritten auf allen Kanälen nach Gesundheit brüllt und fürchtet, das falsche DVD-Gerät zu kaufen, ein ungesundes DVD-Gerät, und dass jetzt alle betrogen werden von den DVD-Herstellern und ihren Agenten, den Fleischverkäufern, die Hormone in die DVD-Geräte spritzen, und wir müssen das dann essen – wir sollten alle bescheidener leben, schreibt er dann in seinen Büchern, und weniger verseuchte Geräte essen, überzuckerte Geräte oder fettige Geräte, nikotinhaltige Plastikpflaster bitte gleich wegwerfen, wenn sie auf dem Spielplatz liegen, und dann steigt er frisch aus der Dusche und steigt wieder in seine Kleider und sitzt gleich wieder am Schreibtisch und tickert und tackert seine Bücher, und alle lesen sie und keiner gibt zu, dass er sie liest, so vielen hat er vielleicht im geheimen geholfen, so vielen hat er schon eine neue Ordnung ins Leben gebracht, so dass sie strahlten und glänzten, wenn sie sich mit den andern trafen, die in ihrem Leben eine unglaubliche Sauordnung haben und Versager sind, das schlimmste, was das Fernsehen kennt, die Versager!

So sitzt er tagelang und schreibt, dann springt er auf und fährt mit ihr auf dem Tandem an einen See zum Baden oder ganz alleine auf einen Berg zum Klettern, kommt strahlend zurück und reisst sie aus ihrer tatenlosen Träumerei, aus ihrer Mattigkeit, mit der sie sich verschuldet, aus den Sätzen, die sie vor sich hin kaut, wenn sie nicht leicht und lustig ist wie gestern abend – und abends gehen sie oft spazieren durch alle Strassen des Quartiers, immer dorthin, wo gerade keine Razzia ist, und schauen in alle Schaufenster, in den türkischen Teppichladen und den spanischen Madonnen-Shop, in die uralte Papeterie mit den Original-Geha-Schulfüllern und in den Laden, an dem kein Name steht, mit den Koffern und Taschen hinter verschmierten Scheiben, und schlendern dann wortlos und glücklich zurück in die kleine Wohnung, die sie umhüllt wie ein Mantel, und es könnte ewig so weitergehen, er könnte weiterschreiben, aber er liegt auf dem Bett mit leergeheulten Augen, umgeben von seinem Werk, weil sie weggeblieben ist, sich verirrt hat zu einem fröhlichen faulen Jungen, der reich geworden ist mit Telefonieren, der in den

Morgen hineinschläft und abends die Telefone seiner Frauen in weitem Bogen in den Fluss wirft.

Sie setzt sich vorsichtig zu ihm aufs Bett und beobachtet ihn, achtet auf jede Bewegung in seinem starren Gesicht, wie man einen fremden Hund im Auge behält, dem man sich nähern will.

Eine fürchterliche Stille füllt das Zimmer wie ein fetter Brei, unten im Hof sehr vereinzelt die Rufe der Kinder, plötzlich schreien sie alle im Chor, *wia wollen dich, wia wollen dich*, die Sonne leuchtet hell und kräftig hinter den Jalousien, dann wieder Totenstille, sie hört seinen Atem und starrt in seine ausgewaschenen Augen, auf seine kräftigen braunen Hände mit den goldenen Härchen, dann sagt er ihr, wo sie war und dass er viel zu oft und viel zu lange auf sie gewartet habe. Sie steht auf, hört ihre Knie knacken und weiss nicht mehr, was sie ihm sagen wollte, sie wird erst Kaffee machen und dann antworten:

Dabei zieht es diesen Strom seit Tausenden von Jahren, bei allen und immer wieder, Kinderzeit, erste Liebe, zweite Liebe usw., zieht es den Strom durch mich und dich und diesen Jungen –

Die Kaffeemaschine blinkt mit vielen Lichtern, sie muss das Pulverfach leeren, das Wasser nachfüllen, ein paar verklemmte Bohnen aus dem Schneidwerk holen, sie schaut durch das Fenster in den Hof und sieht drei Mädchen und einen Jungen dicht aneinandergedrängt zwischen den Büschen stehen und auf etwas Kleines starren, das sie nicht erkennen kann, sie tuscheln und flüstern und scheinen sehr hingerissen, ziehen die Schultern hoch und freuen sich –

In zwei dünnen Strahlen fliesst der Kaffee in die Tassen, sie weiss nicht, ob er so spät noch Milch will, die Kinder heben im Triumph ein abgefressenes Fischskelett hoch und reissen es sich immer wieder aus der Hand, sie fragt ihn, ob er Milch in den Kaffee möchte, es bleibt ganz still, sie dreht sich um und sieht ihn eingeschlafen auf dem Bett, schon halb zur Seite gedreht, sie bringt ihm den Kaffee, hält ihm die Tasse vors Gesicht, er öffnet kurz die Augen und schiebt die Tasse weg, dann schaut er sie an und an ihr vorbei, nimmt ihre Hand und legt sie sich als Kissen unter den Kopf und schläft wieder ein, tief und fest, mit ruhigem Atem, während sie auf der Bettkante kauernd einhändig trinkt und ihm dann über die verschwitzten Locken fährt, ein ums andere Mal – und der Chor der Kinder im Hof schrill und wütend *Dominique, Dominique* brüllt und am andern Ende der Stadt der Junge auf dem Balkon die Asche über das Geländer schnippt und in den wolkenlosen Himmel schaut und dabei kaut ohne einen Bissen im Mund.

Alle Zeichen der Ermattung

Alle Zeichen der Ermattung

Ziehe ich mein linkes Bein unter dir weg, sagst du, hier gesellt sich ein ganz neues Gefühl einem ganz alten hinzu, und was jetzt?, und ziehe ich meinen rechten Arm ganz sachte unter deinem schweren Kopf hervor, sagst du, ein abgelegter Schmerz wartet auf einen neuen Ruf des Herzens. Entschuldigung. Und liege ich dann endlich frei und lose neben dir und will dich betrachten und an dir saugen, sagst du, mein Mund sondert die immergleichen Beschwörungen ab, und, jeder einzelne Finger steht im Dienste der immergleichen Sache. Entschuldigung.

Muss wieder mal allein in dieser kalten Küche nach den Oliven suchen, die du dir im Vorübergehen gleich löffelweise in den Mund stopfst, das Brot schneiden, das du brechen willst und dann verkrümelst, den ewig sabbernden TV lautlos stellen, weil dort sagen alle das gleiche, sie sagen, wie ich ja auch: Ich sehne mich nach dir und nach unserer frühen Zeit, über allen Dächern das gleiche gelbe Winterlicht, und in allen Wohnungen verstreut Hände und Füsse, wie gerne wäre ich jetzt da oder dort und würde mich nützlich machen, ich wäre unentbehrlich, ich höre es im TV, ganz leise, jetzt sagt es sogar der Nachrichtensprecher, *Hand in Hand durch eine Türe in ein unbekanntes Zimmer wie in unserer frühen Zeit –*

Er verspricht ihr einen Flug

Er verspricht ihr einen Flug

Auf allen Bildschirmen ihre eingefallenen Gesichter, wie sie im roten Feuerschein Zuflucht suchen in der Galerie einer Bank, wie sie mit Kanistern geduckt über weite Plätze jagen –

Zwei schimmernde Gestalten ineinander versunken, aneinandergelehnt, verschlungen im ersten Licht des Morgens zwischen den brandschwarzen Säulen einer zerschossenen Garage, sie spielen beim Reden mit den geborstenen Leitungen, dann legen sie sich auf Säcke und reden leise, das Dach ist nur an einem Ende noch ganz dicht, der Regen hat riesige Pfützen wachsen lassen, die wie kleine Seen den Boden überziehen, Tauben haben sich eingenistet, Eichelhäher, fette schwarze Krähen und drei oder vier riesige rote Aras aus der zersprengten Voliere des Zoos, die aufgeregt und sinnlos von einem kahlen Balken zum nächsten fliegen unter den wachsamen Blicken der Krähen –

Jetzt geht mit einem bösen Schrei der Vögel in diesem dunklen Regensaal die Sonne auf, und in dem rosa Licht sieht dann der blanke Neid, wie sie den Hals von ihm zu fassen kriegt mit ihren Zähnen, wie sie lacht –

sein heiles Auge sehr weit weg über ihr, die Haare mit Staub überzogen, als Wall gegen feindliche Blicke tief in die Stirn gestrichen –

Man soll das Wasser nicht trinken, wenn man es nicht kochen kann, man soll nichts aus den Häusern holen, die zerstört sind, auch wenn sie nicht mehr brennen, das sind die letzten angeschlagenen Plakate der geschlachteten Vernunft, er sagt, während er in kleinen Schlücken nicht abgekochtes Wasser trinkt, *wir sind nicht, was wir waren, nämlich so was wie ein schönes Bild, aus Marzipan oder Elfenbein, hell, ein Schaufenster in Gold und Rot wie früher vor Weihnachten, so wie wir gelebt haben, in hellen Häusern, mit sauberen Kleidern, mal rochen wir nach Parfum, dann nach Rauch und Motoren, mal nach Blumen oder Algen – und satt gegessen jeden Tag, wir sind jetzt anders, wir sind in einem Unfall eingesperrt, mir fehlt ein Arm und ein Auge, und du bist dünn wie ein krankes Kind, du hast Angst wie ein krankes Kind, jeden Tag suchen wir nach alten Freunden und holen Fotos und Briefe aus dem verbrannten Elternhaus, aus dem verbrannten Nachbarhaus, dann verkriechen wir uns, zu einem Feuer, einem Treppengeländer, einem Parkett, wir hören nichts, wenn jemand nach uns ruft, uns geht der Atem schwer, wir schnaufen immer schlechter, wir liegen immer öfter nur noch unter allen Decken herum, die wir finden können – findest du nicht?*

Sie trinken das Wasser sehr gierig, sie will an etwas Schönes denken, weil sie seit langem wieder mal die Sonne sieht, er soll ihr etwas erzählen, was tönt wie ihr altes Leben, er soll ihr versprechen, dass er bei ihr bleibt, sie stupft ihn, bis er endlich sagt, *die Sonne ist jetzt eher lästig, findest du nicht* – sie legt sich die Hände aufs Gesicht und blinzelt durch die gespreizten Finger nach oben, zum Dach, ins Licht –

– Schau dich doch mal in einer Pfütze an oder in einem Spiegel, wenn du einen findest, oder mich, da weichen ja die schlimmsten Hundemeuten mit einem Winseln Schritt für Schritt zurück –

Es ist vollkommen still, sie hören nur das Tropfen des Wassers und das hilflose Geschrei der bunten Vögel, die von Balken zu Balken fliegen und nirgends Ruhe finden.

– Stell dir vor, wir wären diese schönen roten Vögel hier und hätten uns in einer hellen Vollmondnacht auf den Dächern verirrt – wir könnten ohne weiteres fliehen, aber wir würden hierbleiben und auf den Wärter warten, der uns Futter bringt, und auf die kleinen Feuer starren, die in den Ruinen brennen –

Sie lacht und würgt und hustet, er hält sie fest im Arm –

– Ich will kein Tier sein, ich will nichts trinken müssen – erzähl was anderes–

– *Na gut,* sagt er, *dann eben nicht* – und zieht sie weg von einer rostigen Säule, die dröhnend niedersaust und auf dem Boden weiterrollt, von ihnen weg zu einer Pfütze – sie krallt sich an ihm fest, er fühlt ihr Herz unmässig schlagen und er hält ihre Haare zurück, als sie sich in einem Schwall erbricht –

– Wir sind an Bord eines Flugzeugs, es ist ein bisschen eng, aber wir haben einen Drink vor uns und fliegen durch die Nacht, dann kommt die Stewardess und fragt –

Sie schüttelt den Kopf und lehnt sich wieder an ihn –

– Keine Menschen jetzt, was anderes –

Er seufzt, mit einem einzigen lauten Schrei fliegen die Krähen hoch und jagen die plumpen Aras von Balken zu Balken, er spricht ihr leise ins Ohr:

– Du wirst ein Satellit –

– *Dann bin ich ganz alleine* –

– *Wart es doch erst mal ab, du wirst ein Satellit, sehr elegant, mit feinen gebogenen Füsschen* –

– *Antennen* –

– *Meinetwegen Antennen, hör jetzt zu, du wirst ein Satellit und saust mit mir als Kamera um die Erde, du machst nur Bilder und du fühlst sie nicht und schickst sie zurück – solange du willst* –

Sie nickt und wischt sich den Mund, dann die Stirne mit ihrem Ärmel ab und lächelt ins Leere.

– *Du heisst Sputnik oder Early Bird oder Helios oder Astra, egal – niemand wird dich erkennen, dein schimmernder rasender Leib im Orbit – wie ein Pass, ein falscher Name, und wir kreisen, bis du wieder trinken kannst* –

Er hört an ihrem Atem, dass sie eingeschlafen ist.

Die Sonne leuchtet durch ein hohes Fenster schräg in die wüste Halle und wirft eine schmale rote Spur über die Säcke, die Decken und die Pfützen.

Eine Krähe nach der andern fliegt weg, die Aras werden ruhig und starren in die kleinen Feuer in den Ruinen der Stadt.

Auf dem Küchentisch mit all der Ware drauf

In diesem Film, der sie selber waren, sagt er zu ihr eine kleine Gemeinheit beim Nachhausekommen, er sagt einen Vergleich mit einer andern Frau, nichts Schlimmes, etwas über einen geschmeidigen Gang einer anderen Frau, während sie wieder mal trampelt mit den vielen Säcken und Tüten und Taschen. Natürlich wird sie wütend und schnaubt, er stellt alle Taschen ab und sagt, mit ihr sei noch das Alltäglichste ein Fest, das Auspacken der Taschen und das Einräumen der Vorräte, ein Fest das Zerkleinern von Eiswürfeln und ein Fest, eine Nascherei, das ganze Leben mit ihr bis ins kleinste, und fasst sie an den Schultern und bettet sie auf den Küchentisch mit all der Ware drauf, und sie ist aber in diesem Film und immer noch wütend und weiss auch nicht wohin mit dem gaumenzarten Käse, den sie aus Wut in den Mund gesteckt hat, der viel geschmeidiger ist als der Mund dieser andern mit ihrem Gang, der eine Gewohnheit ist wie dieses wütende schnelle Essen, dabei ist eine grosse Wolke vor dem Fenster aufgefahren, eine Wolke in der Form einer Krabbe, der man die linke Schere verbogen hat, und über die jetzt sein Gesicht fährt, er löscht die Wolke, und sie fragt sich, ob sie den ganzen Käse schlucken kann oder noch beissen muss, er sagt ihr etwas ins Ohr, was sie nicht versteht, aber es reisst sie hin und sie schluckt und schiebt sich ganz nahe an ihn heran, sie biegt sich zurecht und rutscht dabei zur Seite, genau in seinen

Arm, der nur auf sie gewartet hat, er dreht und wendet sie und zieht sie aus, ich drehe und wende sie, er fährt in sie hinein, ich fahre in sie hinein, in dieses Tor, und am anderen Ende ist wohl ihr Herz und schlägt wie wild, und am anderen Ende ist mein Herz und es schlägt wie wild und pocht an seinen Schwanz, und die Musik mache ich mit meiner hohen Stimme fast allein, er pfeift ein bisschen vor Vergnügen und seufzt, sie richtet sich auf und stösst sanft an die Lampe, die nicht aufhört, sich zu drehen, er schraubt sich tief in sie hinein, was sprudelt aus mir heraus, merkt er nicht, dass es sprudelt aus mir, er merkt es nicht, er starrt sie an, er möchte wissen, was in ihr so pocht, so schlägt, wenn nicht das Herz – wenn nicht das Herzgeräusch bei seinem Sohn doch ernster ist und seine Frau am Telefon zu weinen beginnt und dabei winselt wie ein kleines Kind –

Ihn noch einmal sehen, ein einziges Mal, und dann nicht berühren, so stellt sie sich das vor, als könnte sie damit ihr ausuferndes zerfranstes Erinnern dahin bringen, wo dieser Film begann, dieses ganz kurze Leben, diese ganz kurze Liebe auf dem Küchentisch mit all der Ware drauf und der Lampe, die nicht aufhört, sich zu drehen –

Zetermordio am Gefühl

Zetermordio am Gefühl

1

Wie heisst ihr erleuchtetes Herz, anders als meines, wie isst sie, wie legt sie den Arm um dich, wie läuft sie am Morgen durch unsere Strassen, wie läuft das ab jeden Morgen, wie sagt sie deinen Namen, wie nimmst du dich aus, so direkt über ihr, wenn du dich auf sie legst und sagst, sie sei schön, aber anders als mir – wie sagst du es ihr, wenn ich dir erzähle:

Ich habe das Telefon zerstört, an die Wand geschmettert, in meiner Küche so viele Scherben aus unserer Vorzeit, ist doch uralt, dieses Heulen und Zähneklappern, das Telefon ist in Stücken, und du rufst sie nicht an, wenn du zur Arbeit gehst, oder doch, was legt sie jetzt gerade ihr Haar über dich, über Kopf und Schultern, ich sehe es doch, als ob ihr Schatten auf mich fiele, das läuft so ab, dass ich wieder unter Blutsbrüder, dass ich wieder unter sie gefallen bin, alles von mir abgewandt, wie fasst sie dich an, wie würde sie dir das erklären:

Alles rot an der Wand und Scherben überall und Spuren von dir, sag doch: Ihr kurzes Lachen hat es mir angetan oder dass jetzt alles Denken wie ein Beil daherkommt, und ich schon wieder ganz vertiert und roh meiner Wege gehe, wie früher so roh, aber anders als sie, als ob Flammen aus mir schlügen –

2

Die Wand ist frisch gemalt, der Boden sauber, das Telefon hängt neu im Halter.

Ihr Kopf liegt im Schoss eines fremden Mannes, auf deinem Sofa, er schenkt ihr Wein nach und er freut sich auf sie, so wie sie bei ihm liegt, er versteht ihre Sprache nicht, und sie sieht durch das feine Netz von schwarzem Haar, das auf sie niedersinkt, wenn er sie küsst, nur dich, dich, wie du vor dem Feuer sitzt, die Ofentür weit offen, und liest, was sie dir geschrieben hat, und mit deiner Hand deine Stirn berührst und deinen Hals streichelst, wie du deinen Hals liebkost, dein schönes Gesicht –

– *Hab das Telefon an die Wand geschmissen,* lallt sie zwischen den Küssen, *hab alles an die Wand geschmissen, wie soll denn das gehen, oder pfeift wer im Dunkeln auf dem Dach vor dem Fenster, da pfeift doch jemand aus dem letzten Loch* – und er nickt und trinkt und spült ihr den Wein in den Mund, und alle Klagen sausen in dem Strudel ihre Gurgel tief hinunter in den Bauch, der schon tanzt, auf und ab und hoch und nieder tanzt unter seinen freundlichen Händen –

Während du liest vor dem Feuer und für dich alleine übersetzt, *traditta nell' amore,* hat sie dir geschrieben, und wie das gehen solle. Wird soviel heissen wie «in einen Strudel hineingeraten», «in die falsche Liebe versehentlich gestolpert», «durch einen Kuss entzündet und ins Geschlecht gezerrt» – vorbei, alles vorüber –

Es klingelt an der Türe, und du legst den Brief ganz sachte

ins Feuer, bevor du aufstehst und die Türe aufreisst und ihr sagst, wie unglaublich schön sie heute wieder sei.

Und im Ofen züngeln dicke Flammen durch das Papier des Briefs, das sich krümmt und windet in der Hitze des Feuers, als sei es lebendig, als täten die Flammen ihm weh.

Vom falschen Herzgebrauch

Vom falschen Herzgebrauch

1

Sascha! Ich rede mit dir, über Tage und Nächte. In der Kantine setzt du dich allein an einen Tisch und starrst durch die Fenster auf Stolbes alte Hallen.

In meiner Sprache schwingt vielleicht ein falscher Ton – mir bröckelt schon die Gurgel, bis hinauf zur Zunge, vor lauter Reden. Ein Sirren und Pfeifen um mich herum, von all diesen nicht gehörten Sätzen, du lächelst plötzlich vor dich hin, allein an deinem Tisch, aber du hörst mir nicht zu, da kippt dann alles, da kippt dann das ganze Gefühl, ein Satz, den du nicht hörst, reisst gleich den nächsten nieder, Sascha, ich wäre noch viel glücklicher, wenn du mir endlich einmal zuhören würdest –

Ich wollte so lebendig sein, so am Leben –

Alle an der Strasse hören mir zu, sie hören mich gerne an, sie verstehen mich, sie nicken, dann gehen sie weiter, winken, grüssen mich – aber du nicht, du hörst nicht.

Über allem, was ich sehe, liegt jetzt ein Schatten, das Geräusch, das Sirren, eine Sicht der Dinge, als sei ich gar nie dagewesen, bis ich mein müdes Herz, von dem ich nichts mehr höre, zu dir ins Zimmer trage, wo du schläfst und träumst und mich nicht erkennen willst, ach, Sascha. Ich muss ein Schatten sein, und schlepp mich fort, zu einer andern Frau, die stöhnt vor Freude, wenn ich in ihr Zimmer trete, die weint nicht wie du, über Tage und Nächte, die braucht mich noch, die kann mich noch brauchen. Du hast mich nie gebraucht.

2

Sie hatten sich viel zu schnell verabschiedet, viel zu roh.

Sie wollte gehen, weil sie gehen musste.

Er liess sich Zeit und liess seine Hände noch einmal in aller Gemächlichkeit ganz zart auf ihr spazieren, bis sie seine Hände packte und sich losriss, weil sie merkte, dass sie wieder und wieder in dieser Seligkeit versinken würde, und eine wilde Wut packte sie, ein gehässiger Zorn auf die ganze Welt, auf ihn, der mit ihr spielte und sich freute, wenn sie nachgab, ohne es zu wollen, und sie beugte sich hastig vor, um ihm einen schnellen Kuss auf den Mund zu geben, einen schnellen kalten Terminator-Kuss. Aber er lachte und drängte die Zunge zwischen ihre Lippen, züngelte zum Ohr, an den Hals, dann in den Nacken, liess seine Hände ruhig in ihren Händen, zog ihr sanft die Arme nach oben und legte sie auf seine Schultern, und sie bog den Kopf zurück, liess sich an ihn sinken und gab nach, da richtete er sich auf, löste sich aus der Umarmung und feixte:

– *Schluss, du musst gehen, du bist schon jetzt viel zu spät* –

Sie gab sich einen Ruck und wollte etwas sagen, aber sie brachte kein Wort heraus, in dieses Grinsen hinein – an der Tür drehte sie sich um, er stocherte vergnügt in den Resten des Feuers, und sie polterte mit der Tasche in der Hand über das Brett, das den versumpften Boden vor dem Eingang überbrückte, zu ihrem Wagen und preschte mit quietschenden Rädern und einer schwarzen Wolke, die aus dem Auspuff schoss, davon.

Das sagt einem niemand: Was es braucht, um sich zu lieben – weite Fahrten übers Land:

Lannzschlag–Igersweil–Bronndorf–Wertheim–Schleitheim–Hippoltstetten–Grauenau–Schwanitz–Pferchheim–Untertüttel–Obertüttel –Lakenstein –

Und die Lastwagen werden immer länger, manche beinahe so lange wie ein Zug, das Gaspedal knarrt und klemmt und gibt dann plötzlich nach, sie schiesst wie ein Geschoss vorbei an allen andern und an *Brunzweiler–Härdeck–Blauenau–Hiltersgoden* – dort führt die Strasse durch ein schmales Tal mit struppigen Weiden und tief in einen Wald, der endlos scheint und über sanfte Hügel zieht –

Der starke Wind pfeift fröhlich durchs Verdeck und bricht sich in den winkenden Fichten links und rechts der Strasse und schwurbelt um die Autos, schafft seltsame Strömungen der Luft, schiebt sie eine Handbreit nach links oder rechts oder bremst ihre Fahrt.

Der Anhänger vor ihr mit der roten Aufschrift STOLBES GRÜNE PRACHT / TERRACOTTA / MEDIT. PFLANZEN / AUCH SONNT. LIEFERUNG schwenkt gravitätisch in grossen Kurven hin und her und braucht die ganze Strasse für seinen Tanz.

Es fängt an zu regnen, ein paar winzige Tropfen, die bald in eine Schwemme übergehen, die wie aus riesigen Kübeln gegossen über die Scheibe fliessen, die stille Landschaft um sie herum nur noch ein Schatten von Grün und Rost und Grau –

Wie uns das niedertropft und auseinanderreisst nach zwei so schönen warmen hellen Tagen, wie uns das auseinanderfegt und in alle Ecken verstreut … dieser Regen, dieser Wind, das blöde Toben draussen –

Fühl mich gar nicht mehr lebendig, dabei waren wir beide so schön, und trotzdem treibe ich ganz fremd und kalt durch diese Strasse, ein Dummy fährt übers Land, so schaue ich jetzt wahrscheinlich auch aus, wie diese Plastikpuppen, die immer wieder durch die Windschutzscheibe fliegen, mit ihren immergleichen ausdruckslosen Köpfen durchs Glas brechen und dann wieder in die Sitze zurückschnellen und dort genau gleich aussehen wie vorher, nämlich gar nicht –

Sie klemmt das Handy zwischen Ohr und Schulter, drückt die Eins und sagt:

– Holzkirch! – ich fass es nicht, ich seh die Schilder nicht mehr, wie geht es dir – nein, Holzschlag –

Er lacht und schreit in die Leere seines Wagens:

– Was? Schon in Holzschlag? Du fährst zu schnell, ich bin immer noch bei Illertissen-Jedesheim-Altenstadt-Dettingen, dann kommt, ja – Memmingen-Nautach-Volkratshoven – pass auf jetzt, wir sollten nicht telefonieren, ich seh jetzt auch nichts mehr, vor mir so was wie eine Dusche, eine sprühende Walze … unglaublich, dieser Regen auf einmal …

Dann sagt er noch, dass er sich auf sie freue, wenn sie sich wiedersehen in ein paar Wochen, und dass sie dann schon draussen sitzen könnten, dann piepst es, wieder und wieder, und seine Stimme ist weg –

Immer wenn man dringend etwas sagen möchte, bricht die ganze Technik zusammen, als habe sie nur darauf gewartet, einem die Sätze wieder in den Mund zurückzustopfen –

Pläne für den Sommer schmieden, Pläne, wo man liegen wird, unten am See auf den heissen Planken im Schilf, auf der Holzterrasse mit dem Bambusgezitter im flirrenden Licht, Pläne in halben Sätzen ins Halbdunkel flüstern, liegen, aneinanderliegen, sich drehen und winden, während oben der kleine Ofen russt und poltert und unten das Feuer aus dem Kamin schlägt und Zunder auf den Boden wirft, bis das alte Holz zu glimmen anfängt und sie mit ihren Schuhen die Glut erschlagen wie im Sommer die Spinnen, die vor ihrem Lager zucken und alle Beine so vor sich legen, als sei es eines –

Der Anhänger von STOLBES GRÜNER PRACHT schwingt so weit aus, dass ein Motorrad auf der Gegenspur ausweichen muss und schleudert und dann schlingernd und schräg zur Fahrbahn ins Grün der kleinen Böschung rutscht.

Sie bremst, hält an, das Handy surrt und ist neben der Handbremse in die Tiefe gerutscht. Sie zittert ein bisschen und schluckt, reisst das Telefon an sich und drückt ungeduldig die Taste.

– Geht's dir gut? Bei mir hat es aufgehört zu regnen – fahr nicht zu schnell, bitte, fahr jetzt ganz vorsichtig –

– Da ist ein Motorrad gestürzt, nein, geschlittert, ich seh den gar nicht mehr, der muss hinter der Böschung irgendwo liegen, der Anhänger ist so weit ausgeschwenkt, dass er den von der Strasse gefegt hat, unglaublich – fährt einfach weiter ... ich muss den jetzt suchen –

– Wieso suchen, ruf die Polizei – ich will nicht, dass du jetzt rausgehst, wo bist du?

– Ich weiss es nicht, ich geh schnell, ich ruf dich wieder an –

Sie rennt über die Strasse, rutscht mit ihren hohen Schuhen die kleine Böschung hinunter und sieht am Rand eines jungen Birkenwäldchens eine kräftige Gestalt in Ledermontur und Helm an seiner schweren Maschine zerren, die im schlammigen Boden liegt wie ein störrisches Tier.

Der Regen durchnässt sie in Sekunden, ihre Jacke wird schwer und tropft, aus ihren Haaren läuft das Wasser in den Hals, sie möchte brüllen vor Ärger und Angst und öffnet lautlos den Mund. Da dreht sich die Gestalt nach ihr um, winkt sie zu sich und nimmt den Helm ab, und sie sieht im Näherkommen einen sehr jungen Mann.

Der Regen kämmt ihm die langen Haare ins weisse leuchtende Gesicht, ein dünnes dunkles Rinnsal sickert aus Nase, Mund und Ohren, der Regen spült es ihm in einer breiten dunklen Spur in den hohen Kragen. Er hält den Helm unter dem Arm und wartet förmlich, bis sie bei ihm ist. Er lächelt und schaut dabei ernst und freundlich durch sie hindurch.

– Kann ich Ihnen helfen – Sind Sie in Ordnung? Sie bluten –

– Ich weiss. Ich blute immer. Gleich lässt der Regen nach, sagt er

mit einer überraschend sanften Stimme, und der Regen lässt nach. Aus den nassen Bäumen tropft es noch, sie starrt ihn an –

– *Kommen Sie zurecht?*

– *Sicher.*

– *Soll ich Sie nicht irgendwohin fahren, in eine Klinik, Sie bluten, Sie können das Motorrad ja später holen* –

Er lächelt sie sehr zärtlich an, so wie man ein Kind anlächelt, das etwas Liebes sagt.

Sie möchte gehen, aber ein seltsames Gefühl schlaffer Lähmung überkommt sie, als schwebe sie, zerfliesse in der kühlen nassen Luft –

– *Der Stolbe fährt halt immer selber aus am Sonntag, dann geh ich zu seiner Frau, die ist ganz süss,* sagt der Mann unvermittelt.

– *Ah ja, schön, dann fahr ich mal wieder los* –

– *Meine Sascha ist auch ganz toll, aber am Sonntag will sie ihre Ruhe, da fahr ich zum Stolbe seiner Frau* –

– *Dann haben Sie ja immer was zu tun* –

– *Ja, dann fegt's mich wieder weg, aber ich bin immer noch da, und die Sascha merkt es nicht, sie hört einfach nicht hin* –

Sie nickt ihm zu und will sich umdrehen und zurück zur Böschung gehen, aber er zieht verlegen die Schultern hoch und redet weiter, und sie kann sich nicht bewegen im sanften Singsang seiner Stimme –

– *Die heult oder sie lacht plötzlich los – egal –, dann leg ich ihr Blumen vor die Türe oder schleich zu ihr ins Zimmer und steh bei ihr am Bett, und sie macht die Augen auf und schreit, wie die schreien kann, na ja, einfach ist es nicht – ich schau halt, dass ich am Morgen bei ihr bin, wenn sie zur Frühschicht muss, dann fällt es ihr leichter, aber das merkt sie auch nicht ... ich würde sie so gerne wieder mal richtig küssen, nur küssen, aber richtig, mit der Zunge so in sie reinfahren und dann wühlen –*

– Hören Sie, ich muss jetzt gehen, fahren Sie halt einfach los und küssen sie ...

– Sie will mich ja nicht sehen, das ist es doch – oder sie sieht mich nur ganz undeutlich, na ja, geh ich halt wieder zum Stolbe seiner Frau, die stöhnt im Schlaf, wenn ich zu ihr ins Zimmer komm, ich schreibe ja auch Gedichte für alle – da muss ein Schatten sein, vom falschen –

Es gelingt ihr, sich loszureissen und gegen eine namenlose Kraft, die sich ihr entgegenstemmt wie ein starker Wind, langsam Schritt für Schritt wegzugehen.

Auf der Böschung bleibt sie stehen, um Atem zu schöpfen, er steht noch immer so dort, wie sie ihn verlassen hat, er bewegt den Mund, und sie winkt ihm kurz, er hebt auch die Hand, winkt aber nicht, spricht weiter vor sich hin, hebt nur die Hand, und es beginnt wieder zu regnen –

Sie fährt langsam und raucht eine Zigarette, das Herz schlägt ihr immer noch bis zur Kehle, das Telefon klingelt, sie nimmt ganz dankbar ab und merkt im selben Moment, dass sie nicht reden kann.

– Wo bist du jetzt, ich hab dich hundertmal angerufen –

– Ich weiss es nicht –

– Was ist los mit dir – was war mit dem Motorrad?

– Ach, irgend so ein Perverser, der hat mir nur von seinen Frauengeschichten erzählt, der war topfit, das heisst, er hat geblutet, aus der Nase, aus dem Mund, aus den Ohren –

– Was? Hast du die Polizei angerufen?

– Nein.

– Hast du ihn einfach so liegenlassen?

– Nein, er war o.k., er hat mir gewinkt, der konnte gehen und alles – der Stolbe hat ihn weggefegt –

Langes Schweigen.

– Ich will dich sehen, ich fahre zurück, ruf mich an, wenn du beim nächsten Ortsschild bist, du kannst so nicht weiterfahren –

Er hat schon recht. Etwas stimmt nicht mit ihr, sie haben sich zu schnell voneinander verabschiedet, zu roh.

Falscher alter Brauch bei ihnen.

Er muss sie immer erst ein wenig brechen, bevor sie gehen kann, er will, dass sie einknickt, bevor sie ihn verlässt – dann kann sie nichts mehr sagen und muss sich wortlos durch die Woche ringen.

Sie möchte schnell nach Hause, mit Jilmaz Kaffee trinken und ihn reden hören und dazu die Zeitung lesen.

Sie ruft Jilmaz an, er nimmt nicht ab, er steht wohl jetzt in seiner Bar und redet in den Lärm und in die stehenden Schwaden von Rauch und Dampf, ihm fällt immer was zum Erzählen ein, alle drängen sich an ihn heran, an seine helle Sicht der Welt, und er plaudert, kichert, gestikuliert in den tobenden Lärm, so einfach ist das Leben.

Nautach.

Sie wird ihn nicht anrufen, sie wird Jilmaz anrufen.

Ich renne immer so von einem Augenblick in den nächsten, das höhlt mich vielleicht ein bisschen aus.

Volkratshoven, eine kleine Stadt, die verdriesslich ihr Sonntagsprogramm absolviert, mit müde gestikulierenden Spielern auf dem Fussballplatz und wenigen Zuschauern in Trainern, mit neonblauem Bildschirmblitzen hinter den Gardinen und Familien, die starrsinnig unter Regenschirmen mit Helmen und Schonern Rollschuh fahren – sie träumt von ihren Sonntagen früher, die so zähflüssig in die Erschöpfung der durchtanzten Nächte tropften, Minute für Minute, bis sie die Geduld verlor, das Haus verliess, und draussen strömte die Zeit wieder ganz normal – sie träumt von den Sonntagen ihrer kleinen Stadt, bis sie den dunklen Wagen sieht, der aus der Kurve schiesst und ihr den Weg abschneidet.

Er hat sie gefunden. Er steigt aus und schlendert zu ihr, sie öffnet die Türe, er bückt sich und küsst sie auf die Stirn.

3

Es ist kurz vor Mitternacht, sie lehnen still aneinander und sind fast die letzten Gäste im Alten Löwen, der Tisch vor ihnen quillt über, die Wirtin bringt die Rechnung und fragt ganz aufgekratzt, ob ihnen das Zimmer gefalle. Sie nicken beide, und die Wirtin findet mit einem schnellen Blick auf die leeren Flaschen, sie seien jetzt vielleicht ein bisschen müde, dann lacht sie heiser und hustet. Er steht schwankend auf und will die Autos vor den Gasthof fahren, sie kippt beinahe um, und die Wirtin wird immer fröhlicher. Sie setzt sich an den Tisch, zündet sich eine Zigarette an.

– Jaja. Wieder ein Tag vorüber.

Vor dem Fenster donnern zwei Laster vorbei –

Sie rafft sich auf und sucht die Worte zusammen und erzählt von dem Anhänger, der das Motorrad vor ihren Augen in die Böschung gefegt hat, und der Motorradfahrer habe blutend neben der Maschine gestanden, ein seltsamer Junge … aber einfach weiterfahren sei schon das Allerletzte, möchte sie noch sagen, aber die Worte verwischen ihr im Mund, die Zunge ist zu schwer, sie versucht doch noch einen Satz, und wenn sie langsam spricht, kann sie sich hören:

– Kennen Sie den, der hiess STOLBES GRÜNE PRACHT – und was von Terracotta –

Die Wirtin schaut mit einemmal ganz starr vor sich hin, sie redet mit zusammengebissenen Zähnen, mit fast geschlossenem Mund …

– Den Stolbe gibt's doch gar nicht mehr. Der hat sich vor zwei Jahren – und sie greift sich mit der rechten Hand an den Hals und schleudert mit einem kurzen Ruck den Kopf nach oben.

– Ja. In der Untersuchungshaft. Hat ja den Jungen totgefahren, der seine Frau … den die immer getroffen hat – den hat er von der Strasse gefegt und liegenlassen, bis er verblutet ist – na gut, man muss natürlich wissen: Der Stolbe hat sich einen abgekrampft, Tag für Tag sein komisches Grünzeugs gezüchtet – und am Sonntag hat er noch selber ausgeliefert – und die hat es in der Zeit mit dem Kerl getrieben … na ja … also der Stolbe kann es nicht gewesen sein, den gibt's seit zwei Jahren nicht mehr, alles wurde verkauft, und dort ist jetzt so ein Computerladen, Internet oder was … alles ganz junge Leute mit schicken Autos –

Dann steht die Wirtin auf und räumt den Tisch ab, bei jedem Handgriff streift sie sie mit einem spöttischen Blick.

Den gibt es gar nicht mehr, und sie hat ihn gesehen.

Komischer Tag.

Die Türe geht auf und er kommt zurück, klimpert mit beiden Autoschlüsseln in den Händen, und sie platzt gleich heraus:

– *Den Stolbe gibt's gar nicht, der ist seit zwei Jahren tot und alles verkauft, den gibt's gar nicht, aber ich habe ihn doch gesehen …*

Die Wirtin wendet sich zu ihm, lächelt mit zusammengepressten Lippen und hochgezogenen Brauen und schaut mit zwei Tellern in der Hand unbewegt zu, wie er sie sanft aus ihrem Stuhl zieht, ihr die immer noch feuchte Jacke über die Schultern legt und sie behutsam die Treppe nach oben führt.

– *Was soll man machen?* fragt sie dann laut in das leere Lokal, mit einem Schlag reisst ein Fenster auf und der kalte Wind krallt sich in ihren rotgefärbten Locken fest.

– *Du hast ja Augenringe bis zu den Knien,* lacht Jilmaz und zeigt seine weissen Zähne, *bei euch wird wohl noch mehr gesoffen als bei uns in der Bar, weisst du schon, was dem armen Hans Bäumlin passiert ist, unglaublich –*

– *Erzähl, jetzt gleich –*

– *Zuerst will ich dich küssen, ich küss dir schnell deinen Kater weg –*

4

Siehst du, Sascha! Hörst du? Immerhin, heute hast du wieder mal gelacht –

Es war wie früher, Mund an Mund, und ich rede ja immer zuviel, vielleicht hörst du ja, wenn du so lachst und dazu schnarchst, du lachst und schnarchst dazu, das ist ganz neu, ich sause wieder durch die Nacht bis morgen früh, bei dir, in deinem Zimmer, da muss ein Schatten sein, da wird ein Schatten sein, und über meiner Fahrt auf dieser schmalen Strasse wächst dieser Schatten immer wieder nach und eine Sicht der Dinge, als sei ich nie gewesen, da muss ein Schatten sein vom falschen Herzgebrauch, nach den Regeln einer Sprache, die uns trennen will – und ich warte, Sascha, ich warte, bis du endlich in meine Richtung schaust und sagst: *Erzähl* –

Mit einem Messer zähle ich die Zeit

Mit einem Messer zähle ich die Zeit

Mein Rad hat sich gedreht, und plötzlich: Stillstand, also nichts –

Ein Nichts, das mich hält, ein Nichts, das mich anfasst und wegreisst:

Ich soll ins Dunkel gehen und im Dunkel bleiben, in der Erde, im Staub –

Alle Wörter sind noch da. Nur die Schrift verschwimmt.

Quälend langsam *confessione d'amore*, also:

amo

ardo

piangio usw.

Die Krankheit heisst anders, aber man verliert die Zeit.

Man verliert alle Zeit und sucht Schutz bei den Autoritäten, die in kleinen schachtelartigen Büros wohnen, das einzige Licht kommt aus einer Neonröhre oben an der Decke,

amerikanische Finsternis.

Und ich muss übersetzen:

aus dem schönen Überfluss meiner kosmischen Allzeit in eine arge Enge.

Dann zähle ich die Stunden, die Tage und die Nächte.

Ich höre mich lügen, ich sehe mich Hände schütteln, die ich lieber beissen möchte, und nachts am Fenster rauchen und andere Kranke grinsend mustern, bis wir Feinde sind.

Eine Frau trösten, der was aus dem Auge bricht –

Die Schweizer Illustrierte lesen und sofort etwas wünschen:

dass ich ein Schwingerkönig wär und mit meiner kleinen Tochter im Bad, ein gesunder Schwingerkönig mit meiner gesunden Tochter in einem gesunden Bad in einem gesunden Garten, weit weg höre ich die Frau in der Küche hantieren, mit den selbstgepflückten Beeren aus dem Garten, ich lache ins Bild, hinter mir der Berg, vor mir das Foto, also ich, ich mit meiner Tochter im Bad, und sie legt ihr Lockenköpfchen auf meine mächtige Schulter, und dann plötzlich dieser Stillstand, also nichts, aber ich sage in die laufende Kamera, ich liebe meine Familie, meine Familie bedeutet mir alles, so schön diese Familie und die Berge und das Bad und das Blau des Himmels, blau, bis diese Schrift endlich verschwimmt –

Dann lege ich mich wieder hin und schlafe, schlafe, bis es Winter ist –

Wache auf, schaue in die kahlen Äste der Birke vor meinem Fenster und staune, wie rot nachts der Himmel ist, wenn es mal schneit in dieser Stadt.

Die fernen Lichter blinken, und wo es dunkel ist, liegt bleischwarz der See:

Auf breiten Wegen sind wir dort unsere Zeit abgegangen, immer entlang dieses schmalen langen Sees, wir alle –

Diese Wolke: du und deine Freunde, immer um diesen viel zu schmalen See, verstreut in alle Welt und dann gleich wieder an seinen Ufern zusammengeballt, oder in Booten, die nicht fahren, weil kein Wind weht, jahrelang –

Ich suche täglich meine randalierenden Sachen ganz neu zusammen, meine Kleider, meine Uhr oder mein winziges Telefon, den Ring, den Schal –

– Und finde ein Messer. (Er räuspert sich und seufzt.)

Vorsichtig bewege ich mich, mit schweren Schuhen ziehe ich atemlos durch die Strassen, in den Restaurants brüllen sie einander ihre Freude ins Gesicht und schauen dazu schon auf den nächsten, auf den sie sich freuen. Die Freude, sich zu sehen, ist sehr gewachsen in den letzten Jahren, man kreischt, legt sich ganz hurtig aneinander und schaut, ob noch was kommt – das habe ich schon irgendwo gelesen, das war vielleicht der Schwingerkönig, der das sagte, ich zähle die Stunden, die Tage, die Nächte, und einen frage ich, *was heisst krank, was will man damit sagen* –

Er lacht. *Du bist nicht krank. Du bist geheilt.*

Er lebt in einem Keller aus dem Ausland, und die Fenster sind sehr weit oben und schmal.

Aber der Raum ist ganz in Blau gehalten und kostbar.

Er hat ihn für sich bereitgemacht und für die wenigen Freunde, die er hat.

Die Kleider, die wir tragen, rascheln, als seien sie aus Papier.

Wir nähern uns mit äusserster Vorsicht –

Ich sage, wir sind alt und langsam.

Wir wollen niemandem ähnlich sein.

Wir wollen kryptisch sein, ganz im Verborgenen und flüchtig und schwerverständlich, und sind am Ende das alte vierbeinige Tier, das sich das Lachen verbeisst über den Geräuschen der nassen Haut.

In meinen satten Schlaf tropft irgendwann sehr spät die Predigt, ein Sermon, eine alte Weise –

LE DEVOIR! LA MERE! LE DOMICILE! Ich schaue aufs glänzende Blau der Wände, schaue ins kleine Geviert der hohen Fenster, dahinter die Strasse und die Füsse der Freier, die in Gruppen schnatternd vorübergehen und sich vereinzeln, wenn es über Tage schneit, und dann alleine traurig schlurfen.

Und ganz weit hinter uns: der viel zu schmale See, als gäbe es ihn gar nicht.

Um mich herum kostbar die Geräte des letzten Jahrzehnts, schwieriges Jahrzehnt, nämlich neunziger Jahre, ausgehendes Jahrhundert, warum höre ich euch jetzt lachen?

Wir haben ja auch möglichst alles gekauft und teuer bezahlt mit unserem Gehorsam – schon wieder Gelächter –

Mein Freund hat eine Vitrine für die kleinen Sachen, die ihm viel bedeuten, und bewahrt hinter blankem Glas seine Handycam, seinen kaputten Palm und deutsche Sprachlehrkassetten, einen Montblanc-Füllhalter und einen Waterman, ein Apple-Powerbook der ersten Generation und zwei Videos über seine grosse Familie –

LE DEVOIR, seine Mutter: LA MERE, sie lacht wie ein Pferd mit gebleckten Zähnen, sie ist sehr mager, sie erteilt die Befehle wortlos über ganze Kontinente, jetzt ist sie viel allein.

Nicht in die Vitrine langen! Nichts anfassen! *Ich erkläre dir alles!*

Das Klo am andern Ende des Gangs, BITTE SAUBER VERLASSEN –

Grosse Flüsse durchteilen sein Land, einen davon hat er sich mitgebracht und an die Wand gehängt, der Wasserfall sprudelt in kleinen azurblauen Punkten über die Bildfläche, und die Palmen sind in ein rötliches Licht getaucht, es ist alles elektrisch und kostbar –

Dann das nächtliche Telefon:

Du lachst, statt deinen Namen zu sagen, macht nichts –

Du hast deine Uhr bei mir vergessen.

Aber das Messer hast du ja noch, gib es mir, dann kriegst du die Uhr –

Hast du gemerkt, wie das Alter kommt: Du suchst dein Zeugs zusammen und findest plötzlich ein Messer –

du zählst alle Stunden und Tage
zu einer einzigen grossen Nacht
und ritzt in den weissen Kalk der Wände immer wieder und Nacht für Nacht
die falschen Ziffern deiner kranken Zeit –
Schade – bei diesem Vorrat an Licht
Lichtflut

Auf den Schultern meines Engels komm

Er setzt sich an den Tisch und schreibt ihr, sie solle ihn nicht so lange alleine lassen, der Sommer sei tropisch warm, und er habe zwei riesige Forellen gefangen, die er dann verschenken musste, weil sie ihn plötzlich geekelt hätten, frisch wie sie waren, glänzend und kräftig.

Er habe sie zwei wildfremden Frauen geschenkt, die sie kreischend und lachend in den Fond ihres kleinen Autos gelegt hätten und dann davongefahren seien, ohne ihn weiter zu beachten.

«Seit du weg bist, fange ich an, mich aufzulösen in einzelne Teile, Augen, die dich gesehen haben, du warst so jung damals, Augen, die dich nicht mehr sehen, nur noch als Foto mustern, ganz viele Augen, ausserdem habe ich einen fetten Splitter im unteren Teil des Daumens, den mir niemand herausnehmen kann, weil er so tief ist, er klopft ganz fest an das Fleisch, wahrscheinlich von Arnolds Bohnenstangen», schreibt er.

Unten ruft eine Männerstimme etwas, etwas Metallenes, Schweres fällt dröhnend auf den Boden? Er starrt auf seine Hände, den Stift und das Papier –

Er streicht alles. Nur nichts von Fischen erzählen und von Augen. Sie soll sich nach ihm sehnen. Sie soll wissen, dass er sie vermisst und dass ihr Platz hier ist, in dieser kleinen Wohnung über der Garage mit den herrlichen Dämpfen von Benzin und Motorenöl, wo sie glücklich war, wo sie ihre Ruhe hatte, ihre kleinen Bilder malen konnte, immer wieder die Garage und die Autos, den kleinen Pavillon des Chinarestaurants, in dem sie oft am Abend assen –

«Ich habe sehr genau verfolgt, wie du langsam älter wurdest», schreibt er, «weil ich so Angst hatte davor, ich hatte Angst, es könnte dir etwas passieren, war immer froh, wenn du abends wirklich zu Hause warst oder irgendwann heimkamst, ich habe dich hundertmal im Schlaf fotografiert, deinen Engelskopf, dein langes Gesicht, die Locken und das Kinn, ich fand dich am allerschönsten, wenn du geschlafen hast – ich verstehe nicht, warum du mich hier so allein lässt.»

Er muss ihr unbedingt schreiben, wie er den Korridor gemalt hat, wie hell alles wieder ist, die Gestelle blau, sonst alles weiss, er muss ihr schreiben, dass hier jetzt alles repariert und frisch gemacht wird – die Farben könnten sie interessieren –

«Das Werk setzt sich in Gang und ich habe alles renoviert, ausser den Böden, die mache ich im Herbst», schreibt er, «der Schatten der Mickymaus liegt zu meinen Füssen – also der weissliche Fleck im Holz hat diese Form, in unserem Alter ist man der Mickymaus näher als man glaubt, weil man schnell kleiner wird, ich komme jetzt schon ohne mich zu bücken unter allen Türen durch, auch bei Muck, aber ich schau immer noch prima aus, und noch etwas: Seit du weg bist, machen die unten einen enormen Krach, und Kathy kommt jeden Tag vorbei und wirbelt die Kissen durcheinander und staubt herum und kocht Sachen wie Eierspeisen, Omelettes, Crêpes ... Sie riecht jetzt immer ganz süsslich nach dem wunderbaren Holunderlikör, den ich ihr kaufe, damit sie nicht mehr diese Putzmittel trinkt, in ihrem Alter kann man sich diese Putzmittel nicht mehr –

Sie hat alle meine Hemden kleiner gebügelt, enger gemacht, damit ich wieder hineinpasse, dann setzt sie sich zu mir und klopft mir auf den Rücken, na, na, und lacht, du weisst ja, wie sie lacht, sie lacht so zwischen den Zähnen durch und lässt die Luft zischen, dann steht sie wieder auf und will trinken, aber sie fällt nie um, Kathy fällt immer erst um, wenn sie zu Hause ist, sie stolpert wahrscheinlich über die langen Enden ihrer komischen Hose, die sie jetzt anhat, so weiche, viel zu lange elastische Hosen, dann kann Arnold sie ins Bett tragen, schade, dass sie derart säuft, sie kocht auch Mandelspeisen, Sachen mit Mandeln, ich hätte die Forellen ihr schenken sollen!

Jeden Montag und jeden Donnerstag gehe ich zu Marc in den Laden und helfe ihm ein bisschen, und dann jammere ich wegen dir, abends beim Aufräumen, und dann sagt er immer, selber schuld, sagt er, selber schuld, bei einer Frau, die fast doppelt so alt ist wie du, kann so was passieren, such dir eine andere Frau, komm wieder mal auf eine Ausfahrt mit, und jedesmal sagt er, ich könne seine Kawasaki haben, aber mit der will ich nicht fahren. Du Liebe, ich denke an deinen Schafskopf, an den langen unteren Teil deines Gesichts, ich denke, was es für ein Glück war, mit dir zu leben, mit dir am langen Tisch zu sitzen, ich weiss nicht, ob ich dir das gesagt habe, wie schön das war, heute kocht Muck für mich. Ich werde aber nichts essen, weil du mir so fehlst.

Ich kaufe immer noch alle Zeitschriften für dich, du könntest jederzeit nachschauen, was jetzt so Mode ist, deine Röcke haben immer so gewippt, die Mädchen brauchen zunehmend weniger Kleider, die ziehen sich heute sehr knapp an, sehr sommerlich, ich lege dir diesen Brief hin, damit du mich nicht so alleine lässt, und gehe zu Muckilein, die schon wie eine Irre unten nach mir brüllt –»

Schon auf der Treppe packt ihn ein Schwindel, ein echter Karussellschwindel, und er ruft Muck zu, er käme jetzt sofort nach unten, und dann kugelt und rutscht und poltert er die Treppe mit sehr viel Schwung und kopfvoran hinunter und macht die neuen weissen Wände rot mit seinem Blut und kann nicht mehr lesen, was sie ihm schreibt, sie schreibt:

«Warum trinkst du soviel, kannst du nicht aufhören zu trinken? Du bist schlimmer als Kathy!

Ich kann nicht zu dir kommen, es geht nicht, ich schicke dir einen Engel, meinen besten, dem steigst du auf die Schultern und dann trägt er dich zu mir. Du schreibst ein schlechtes Deutsch, ich nicht, ich schreibe dir auf den Schultern meines Engels, dass du nicht mehr alleine bist …»

Elegie heisst auf deutsch: Verschmiert vor dem Spiegel (Übersetzung und Kommentar)

Das heisst Elegie. Wenn man nicht aufhört, sich zu sehnen.

> Falsch: Es heisst anders – ich kann aber nicht sagen, wie.
> Sie soll doch mal versuchen, ihre Gegenwart zu bewohnen.

Nach dem Nachhausekommen Ordnung schaffen! Nicht immer gleich alles fallen lassen. Die Jacke an den Haken. Was hast du denn gestern wieder Grosses gewollt?

> Dumme Frage, wir haben alle undeutliche Träume, die soll sie für sich behalten –

Die schmerzhaften Schuhe, das ganze Kleiderzeug – alles fällt von dir ab, und du sitzt vor dem Spiegel und lachst wie eine Idiotin – der Lidstrich hat sich nämlich sehr vergröbert und ist jetzt eine Wolke, die dir um die Augen liegt.

> Wenn sie jetzt nach draussen geht, wird der Nachbar denken, seine tote Mutter käme ihn besuchen – er würde auf die Knie fallen und sie um Verzeihung bitten – sieben lange Jahre in einer Klinik, angebunden im Bett, unter einem Berg von Tabletten – aber der Nachbar schlummert friedlich dem neuen Tag entgegen –

Es ist ganz einfach: Du bist jetzt wieder zu Hause und es geht dir gut und das ganze schöne Gold vom *golden powder* ist nur noch an den Schläfen übrig und glänzt im Dunkeln, der Mond schaut weiss durchs Fenster –

> Natürlich. Der Mond. Sie denkt ihn sich als Gegner oder als Symbol, oder sie braucht ihn für irgendeine Stimmung, der Mond war heuer nie weiss, nicht ein einziges Mal –

Elegisch heisst ja auch: Verschmiert vor dem Spiegel, oder, versiert beim Nachhausekommen, versiert hiesse dann etwas anderes, versiert sind immer die andern, und sie können alles, was mir nie gelingt –

Gleich sagt sie etwas über die Streiterei in ihrem Kopf, den Wettkampf der Stimmen –

Sag's endlich! Sag: Es ist jetzt vier Uhr morgens. Ich kann mich gar nicht lange anschauen – weil mir mein eigenes Konterfei verschwimmt, und dazu immer das Gefühl, ich sei gar nicht wirklich vorhanden?

Sie sitzt reglos vor dem Spiegel, eine Madonna ohne Kind.

Alle Bundestagsfraktionen wollen Babyklappen legalisieren.
Warum sind es immer blonde Frauen, die uns das erzählen, sie sitzen vor dem Bild der Welt und schauen aus dem Bildschirm direkt auf uns, auch wenn wir schon woanders sitzen. Der Wunsch nach einer heimlichen Geburt treibt manche Frauen irgendwohin. Weit weg vom Gesetz kommen diese Kinder zur Welt – Und wenn das Kind gefunden wird, beginnt die Jagd auf die Mutter, die sich verbergen will, die sich verstecken muss –
Es ist ganz still im Haus.
Die Kinder haben aufgehört zu weinen.
Irgend jemand wird sie dann lieben.
Irgend jemand, der ist genauso gut wie ich …usw. usf. Das heisst Elegie. Wenn man nicht aufhört, sich zu sehnen –

Falsch. Hier müsste es einfach heissen: *Timor mortui conturbat me*, also so etwas wie: Mich quält die Angst vor dem Tod – das sagte Richard Burton immer beim Mittagessen zu Liz Taylor, er sagte es wieder und wieder und rauchte und trank seinen Whisky sour und ass nichts, und niemand verstand diesen Satz, seine Frau nicht, sein Sohn nicht, nur der Lehrer dieses Sohnes wusste, was er meinte, und ass aber weiter und sagte nichts, schrieb es irgendwann mal auf und erzählte es allen … der Lehrer dieses Sohnes, der Liebhaber seiner Frau, ass die doppelte Portion, er hat sich eben nicht gefürchtet –

Die Jacke doch noch an den Haken.
Die Schuhe quer durchs Zimmer.
Das Zeichen, das dumme Dudeln aus dem Telefon: Ruf doch nicht immer gleich an. So komme ich ja gar nicht weg von dir, ich meine, immer auf Draht, ich kann nicht immer auf Draht sein. Ich kann nicht immer telefonieren, mir geht so vieles durch den Kopf, nur uns beide vergesse ich schnell, weil wir sind ein bisschen vertrackt, wir stemmen uns gegen den Lauf der Welt –

Gleich sagt sie noch, du solltest mich jetzt sehen, wie ich komplett verschmiert vor dem Spiegel sitze, oder sie sagt, hierzulande reden sogar die eigenen Schutzengel wie Polizisten –

Jetzt am liebsten statt dieser blöden Elegie eine grosse Mahlzeit mit vielen Gängen und komplizierten Namen.
Irgendwann in der Mitte: die gebratene lackierte tiefrote Haut einer Ente –
Es soll jetzt ruhig werden, eine echte Stille.
Ich bleib solange sitzen, bis endlich Ruhe ist in mir.
Ich sollte etwas trinken, einen kleinen Schnaps vielleicht –
Den müsste ich mir holen, kaum möglich bei dem Radau in meinem Kopf –
Ein gedachter Satz jagt schon den nächsten –

Und wie sie alle heissen, diese Sätze, sie heissen Ordnungssätze, sie wollen mich zur Ordnung rufen, sie wollen den Lidstrich ganz und vollständig entfernen und alles – uns wollen sie auch entfernen, streichen: *delete*!
Jetzt gleich – wir sind unmöglich – ich gebe jedem Gedanken nach, der uns trennen will, so wie ich dir nachgebe, von Mal zu Mal, und auf keine Stimme höre, wenn ich in deiner Nähe bin, und auf alle Stimmen, wenn wir uns entfernen –
Und hierzulande reden sogar die eigenen Schutzengel wie Polizisten und sinken dann mit uns in unsern schönen kurzen morgendlichen Schlaf –

Es ist schon möglich, ohne dich zu leben

Es ist schon möglich, ohne dich zu leben

Früher hat man von dir gesagt, du seist hässlich, du seist verrückt, du seist pures Gift für mich – jetzt sagt das niemand mehr. Die gelben Flecken auf deiner Haut sind weg, dein Skelett ruht weiss und makellos in einer saftigen Erde.

Träge fliesst die Erinnerung an der Seite meines Lebens, trübe sprudelige Reste alter Empfindung –

Und träge flute ich zurück und horche in die tosende Nacht, höre den Schrei des Käuzchens, den Cumba von drüben und das Knattern meines Lieblingshelikopters, der die kleinen Kinder aufs hell erleuchtete Dach des Spitals bringt, wo schon die weissen Retter warten, in ihren Flatterhosen und Flattermänteln, mit ausgebreiteten Armen, wortlos und unruhig –

Ich kann nichts für die Krankheit unserer Sprache. Die Krankheit unserer Sprache heisst «Mein» und «Dein» und dass wir getrennt bleiben müssen.

Ich sitze auf der Treppe vor dem Haus und horche in den dreifachen Lärm, die Beute dieser Stunde ist dein Gesicht über meinem, kunstvoll bandagiert von meinen Händen, eine rasend schnelle Wolke, wir zwei –

Da endet die Musik und das Käuzchen hört auf zu rufen. Aus dem TV tosender Beifall.

Endlich eine Sendung für ALLE, jubelt eine Stimme – also was für uns? In einer neuen unerhörten Sprache, die sie für uns erfinden, damit wir reden können, wenn wir auftauchen aus dem Reich der Toten, einander etwas sagen können?

Es stimmt ja schon: Wir waren seichte Gassenmenschen mit Ringen, die aneinanderschlugen bei jeder Bewegung.

Ich höre es noch –

Ein Ton, der sich fortpflanzt,
eine Qual und ein Glück
für den Rest meines Lebens –

Ein erfundenes Gedicht aus dem Mund der Marina Zwetajewa

Sehr sprunghaft, sagte er, und rhapsodisch, ich weiss nicht,
du holst alles viel zu sehr an dich heran –
Korrektur: unmöglich!

Und sie schrieb ihm darauf:

Von Moskau nach Berlin und nach Prag und nach Paris. Zu Ihnen. Immer nur zu Ihnen.
Weil Sie mich nicht kennen.
Weil Sie mein Liebster sind in der ganzen Welt.
Ich kenne Sie auch nicht und ich liebe Sie –

– eine Kraft, das Seltenste,
ein Berg, der mich schützt.

Marina Zwetajewa. Russische Dichterin, geb. 1892 in Moskau, lebte jahrelang im Exil, kehrte 1940 in die Sowjetunion zurück und nahm sich am 31.8.1941 in Jelabuga das Leben.
Zwetajewa war eine grosse Liebende, die ihre heftigen Gefühle in die Briefe legte, die sie Pasternak, Rilke u. a. schrieb. Sie wurde oft korrigiert, ermahnt, gezügelt …

Foto: Fabio Guglielmetti

Katharina Faber, 1952 geboren, lebt in Zürich.
Für ihren ersten Roman «Manchmal sehe ich am Himmel einen endlos weiten Strand» (bilgerverlag, 2002) erhielt sie den Rauriser Literaturpreis 2003.

1. Auflage 2005

www.bilgerverlag.ch

Lektorat: Franziska Schwarzenbach
Satz: Barbara Herrmann, Freiburg im Breisgau

Buchgestaltung: Dario Benassa, purpur, Zürich

Schrift: Berthold Garamond
Druck: Friedrich Pustet KG, Regensburg

ISBN 3.908010.74.8